AF596311

CÓDIGO MORSE

CÓDIGO MORSE

—•—• ——— —•• •• ——• ———

—— ——— •—• ••• •

FERNANDO
LIZAMA MURPHY

Ediciones
TIEMPOCERO

CÓDIGO MORSE
©Fernando Lizama Murphy, 2013
Inscripción N° 214.605
ISBN: 978-956-6110-00-2
Maquetación y diseño: Javier Orrego Corcuera
Ilustración portada: Magdalena Lizama Hernández
Ediciones Tiempo Cero

Este libro no podrá ser reproducido, ni total ni parcialmente, sin el previo permiso escrito del editor. Todos los derechos reservados.

ÍNDICE

Para Marcela

I

El tedio y el calor de la tarde dominical le impedían concentrarse en el cuaderno de álgebras. Para el día siguiente estaba programada la última prueba, de la que dependía su promoción casi milagrosa, y las ecuaciones le resultaban incomprensibles, demasiado complejas para quién no había estudiado durante todo el año. Mientras daba vueltas por su dormitorio, mirando sin entender los números y signos, como si se tratara de elementos misteriosos de otra galaxia, envidiaba a sus padres que a esa hora dormían siesta y a Francisco, su medio hermano mayor, que disfrutaba de un fin de semana en la playa junto a sus amigos. Sólo ahora, enfrentada a la dramática realidad, tomaba conciencia de que estaba a punto de repetir el curso y se arrepentía. A Cristina nada le atraía menos que separarse de sus compañeros, obligándose a tolerar el peor castigo: continuar en el colegio, pero ahora junto a los mocosos insoportables del nivel inferior.

Sin embargo, dejando a un lado el rendimiento escolar, ella pensaba que había sido un buen año. Para una joven con catorce recién cumplidos, el ingreso pleno en la adolescencia había sido bacán, según su propia expresión. Fiestas, bailes y las primeras borracheras, que pasaron a convertirse en una constante, habían marcado la pauta en ese salto violento de la infancia a la juventud.

Mientras intentaba estudiar en su pieza, el árbol de navidad anunciaba que el final del año estaba cerca. Sus padres le habían anticipado que debido a su mala conducta y bajas calificaciones no recibiría regalos y que las vacaciones las pasaría estudiando; pero le importaba poco. Se trataba de empezar una nueva vida ya convertida en mujer en la que, para evitar malas caras, más amonestaciones y castigos, se prometía mayor aplicación durante el año que se anunciaba. *Voy a madurar*, se decía. No quería revivir los desagradables momentos que ahora soportaba por su negligencia.

Ese domingo, el calor de un estío que se anunciaba implacable en Santiago, definitivamente le impedía estudiar. Castigada en su pieza, encerrada como una reclusa por orden de sus padres, sin música ni tele ni computador, sólo el murmullo de un aire acondicionado que poco ayudaba a neutralizar la canícula que invadía el dormitorio. Ella, para no dormirse, deambulaba casi desnuda en ese mínimo espacio, con el cuaderno abierto frente a sus ojos empañados de modorra y con la mente divagando en lo poco que recordaba de la noche anterior: música, baile, copete, el atraque con Juan Carlos… Todo iba bien, pero de pronto el cerebro se le había apagado y no recordaba nada de lo ocurrido sino hasta algunas horas después de su regreso, cuando había despertado sobresaltada al recibir, simultáneamente, un vaso de agua fría en la cara y los retos de su madre. De seguro el retorno a casa fue con Leonor, cuyos padres le prestaban el auto y muy probablemente la había dejado sentada frente a la puerta, arrancando después de tocar el timbre, como lo hiciera en otras oportunidades. Probablemente sus viejos, indignados, la habrían acostado. El ron, el vodka y el pisco le robaron la memoria y ahora el sueño se empeñaba en recuperar las horas que ella le había quitado para prolongar la velada festiva. Cristina sentía la pesadez de su cabeza, pero sabía que si la apoyaba en la almohada, no despertaría hasta quizás qué hora, postergado otra vez el estudio.

Pensó en darse un chapuzón en la piscina, para despejarse con el agua fría, pero el ruido despertaría a sus padres y renacerían las reprimendas ya escuchadas por la mañana y durante el almuerzo:

—¿Por qué llegaste a esa hora?... ¡Y en ese estado!... ¿No te da vergüenza?... ¡Con razón tus pésimas notas, si te lo pasas de juerga!...Te dimos permiso para ir a la fiesta sólo porque era la última del año, con la condición de que no beberías ¡y mira cómo llegaste!... ¡Estás a punto de repetir de curso y aun así no maduras!...¡Borracha, eso es lo que eres, una borracha perdida!

No quería oír más sermones, aunque fueran justificados. Cristina sabía que bebía más de la cuenta, pero se legitimaba diciéndose que no era todos los días. Sus padres exageraban cuando le repetían, cada vez que regresaba ebria, que iba por mal camino. Ella no lo veía así pues era similar al camino de la mayoría de sus amigos. Pasarlo bien escuchando música, bailando, conversando, atracando y bebiendo. ¿No era ése acaso el sentido de la juventud? Sus viejos, ¿no le recordaban a cada instante que ellos no durarían para siempre y que debía estar preparada para enfrentar la vida sola? Existían muchas formas de enfrentarla y por el momento a ella le gustaba ésta.

Pero en ese minuto les encontraba la razón y se arrepentía de tanta fiesta, porque le resultaba imposible concentrarse en las malditas álgebras. ¡Turco infeliz el que las había inventado! Cristina no entendía absolutamente nada y menos con la resaca y el sopor que la atormentaban. Mejor sería salir a trotar a escondidas, eludiendo la vigilancia paterna. Un par de vueltas a la manzana y listo. Despejada con un buen sudor y una ducha fría, se metería de lleno en los libros.

Escasamente vestida como estaba, con una polera rosada, escotada por arriba y tan corta por abajo que exhibía el ombligo, unos short de mezclilla que dejaban a la vista el comienzo de los glúteos, además de sus piernas largas calzadas con unas chalas plásticas, salió por la ventana y se deslizó por entre los arbustos hasta llegar a la calle.

Trotando frente a los cuidados jardines de ese vecindario acomodado, llegó hasta la esquina lo más rápido que le permitían las chalas y viró a la derecha. Respiró más tranquila cuando no escuchó gritos que pusieran fin a la aventura. Fuera de la vista paterna, le daba lo mismo hacia dónde dirigirse. Sólo esperaba la evaporación de los efluvios alcohólicos para instalarse a estudiar. Tal vez por un milagro lograra aprender algo y aprobar el maldito examen.

A esa hora, las calles reverberantes estaban vacías. Las sirvientas habían salido buscando su descanso dominical y, distante, se escuchaba el rumor de autos rodando por las avenidas de mayor circulación. Desde algunas casas se intuía el chapoteo de las piscinas, de otras emanaba el pausado sonido de la música clásica, mientras que de la mayoría sólo se percibía el ronroneo de la siesta. Sin destino fijo, trotó hacia la residencia de su amigo Felipe Gacitúa:

—Felipe es hábil en todo, aunque carretea casi igual que yo. No sé cómo lo hace— pensaba al pasar frente a la hermosa vivienda.

Sumida en esas cavilaciones, siguió de largo frente a la puerta cerrada, pero se detuvo unos metros más allá, percibiendo el aire sofocante de la tarde que la invitaba a regresar. Soñaba con la ducha fría, aunque su naciente sentido de la responsabilidad le señaló que, con la ayuda de Felipe, quizás podría cambiar su suerte. Luego de unos instantes de vacilación, decidió apelar a su amigo. De algo le serviría que fuera el primer alumno del curso:

—*Si cuando éramos pequeños estudiamos juntos, bien podrá hacerlo ahora que estoy a punto de perder el año. Recuerdo que aprendió el código morse para responderme las preguntas en las pruebas.*

Tocó el timbre y no hubo respuesta. Luego de la segunda oportunidad y cuando ya se marchaba decepcionada, abrió la puerta un Felipe casi desnudo, cubierto sólo por unos bermudas multicolor y a media cintura, que acentuaban su delgadez. Restregando sus ojos celestes, agrandados por la sorpresa de encontrarse con la inesperada sonrisa de Cristina, exclamó:

—¡Hola, Cristina! ¿Cómo estái? ¡Tanto tiempo que no veníai a mi casa!

—Bien, gracias, Felipe. Aunque vengo a molestarte. ¡Puchas! Necesito que me ayudís en álgebra. No tengo idea de las malditas ecuaciones para la prueba de mañana y como sabís, estoy a punto de quedar pegada.

—No tengo problema, ¡al contrario! feliz de ayudarte. Vamos a estar súper tranquilos, porque mis viejos fueron al paseo de fin de año del curso de mi hermana chica.

—Me da lo mismo quien esté, porque vengo decidida a estudiar. Aunque por la cara que tenís, creo que más te gustaría seguir durmiendo.

—Sí. Todavía me queda sueño de anoche. Estuvo buena la fiesta. Pero no tengo ningún problema para repasar las materias contigo. Eso me despejará.

—La fiesta estuvo demasiado bacán. No recuerdo ni cómo llegué a mi casa…

—Vi que te subieron en el auto de la Leo después de que unos gallos medios flaites, que no habíamos visto nunca, te engrupieron y te llevaron al jardín. Pero el Céspedes los pilló y gritó pidiendo ayuda cuando ya te tenían lista. Entre todos les sacamos la cresta y te salvamos de que te violaran. Estuvo buena la pelea, aunque al Céspedes le costó un diente y al Gómez un ojo morado.

—¡¿A mí me querían violar?! ¿Defendiéndome a mí pelearon? –Cristina no salía del asombro.

—¡Claro! Cuando el Céspedes los descubrió entre las plantas, dijo que ya te tenían casi en pelotas y con las piernas abiertas. ¿Acaso no te acordai de nada?

—Pa´ ná. ¡Seguro que estai inventando! —respondió, sonriendo avergonzada.

—¡Ojalá fuera invento! Pero es verdad. Eso te ocurre porque en todas las fiestas se te está pasando la mano con el copete. ¡Por tu bien, tenís que cortarla!

—¡Chis! Ya estai como mis viejos, penqueándome. —replicó Cristina simulando molestia.

—En serio Cristina. Pienso que tenís que dejar de copetearte. Anoche la sacamos barata. Si los flaites hubieran echado mano a un cuchillo o una pistola, la cosa hubiera terminado mal. Seguro que es por culpa del trago que no te podís concentrar en los estudios. Además que cualquier huevón podría hacer lo que quisiera contigo.

Pero entra. Parados aquí en la puerta y yo dándole a la monserga, no vamos a aprender nada. Estudiaremos en la oficina de mi papá. Tiene aire y estaremos más cómodos.

Al abrir la puerta, la habitación los recibió con un puñetazo de calor y olor a encierro. Cristina se introdujo con cautela, observando los muros cubiertos por libros, diplomas y pinturas. Al centro descansaba un antiguo escritorio de caoba, flanqueado por un sillón por un lado y dos sillas por el otro, de la misma madera. Sobre la despejada cubierta, forrada en el centro con un cuero ya raído en las orillas, sólo se veía una lámpara de bronce y un busto de Beethoven, del mismo metal, ambos brillantes. La ventana, que miraba hacia el patio posterior, recibía toda la energía del sol, aunque estaba cubierta por un black out para evitar que la pieza fuese un infierno. El aire acondicionado encendido por Felipe comenzó muy lentamente a invadir el ambiente.

El muchacho regresó con cuadernos, calculadora, lápices y el libro de álgebra que mostraba numerosas anotaciones en los bordes. Por el excesivo uso, parecía a punto de desarmarse. *—En cambio el mío, descansa en la repisa del dormitorio, casi intacto. Como todos mis textos escolares—* recordó Cristina con vergüenza.

A Felipe le alegró la tarde la inesperada visita de su compañera. Lateado, antes de dormirse estaba viendo porno por internet y la visita materializaba, en alguna forma, las fantasías de la pantalla. Conocía a Cristina desde la educación básica y crecieron juntos. Sus madres se convirtieron en grandes amigas en esa misma época. Por la cercanía de sus residencias, separadas por dos cuadras, se reunían en compañía de sus niños para que compartieran juegos, mientras ellas platicaban. Cuando aún los chicos eran dependientes, se turnaban para trasladarlos a las distintas actividades escolares.

Solo en el último tiempo estos amigos inseparables se habían distanciado, aunque a Felipe siempre le había atraído Cristina —sobre todo cuando empezó su desarrollo –pero por una natural timidez, nunca le propuso alguna relación que fuera algo más allá de la amistad y el compañerismo. Ese año, en que la adolescencia se adueñó de la personalidad de los muchachos, sacudiéndoles de la tutela paterna, ella, que nunca se había planteado con seriedad el futuro, había optado por el grupo de los más indisciplinados, y Felipe, con fama de estudioso, se reunía con aquellos que compartían sus inquietudes. Él quería ser ingeniero y para eso se preparaba.

Felipe sabía que la desidia de Cristina no era cosa reciente; nunca fue buena para estudiar. Cuando antes se reunían para repasar algunas materias, ella siempre festiva, prefería escuchar música, practicar pasos de baile o cualquier cosa menos concentrarse en los libros, mientras él, desesperado, luchaba intentando que pusiera atención a sus lecciones. Y cuando crecieron, a la muchacha se le antojó que su amigo era demasiado insípido para la vida emocionante que ella buscaba.

Las inquietudes de él iban por otro camino; vivía con el espíritu abierto, dispuesto a conocer de todo, sin conformarse con lo aportado por la educación escolar. Dominaba el ajedrez con maestría, resultando invencible en el colegio. En matemáticas manejaba con fluidez algunos conceptos que los demás compañeros no verían sino en la universidad. Muchas veces rebatía a los profesores durante sus clases, discutiendo además con ellos materias que dominaba a la perfección. No era dueño de una gran personalidad, pero en lo que se creía competente, no temía defender su punto de vista. Movido por esa avidez de saber y con el ánimo de ayudar a su amiga, aprendió el código morse.

En ese alfabeto anacrónico se basó para ayudar a Cristina, intentando compartir con ella sus conocimientos, pero como le prestaba casi nula atención, los progresos eran pocos. La niña vivía en un limbo, esperando siempre que el hada madrina apareciera con su varita mágica y le resolviera los problemas. Hasta poco tiempo antes, esa hada eran sus padres complacientes. Ahora se arrepentían.

Felipe, enamorado en secreto de Cristina, cuando la veía muy afligida frente a las pruebas, se apresuraba en concluir la propia para responder una segunda resumida en código morse que le hacía llegar por debajo del pupitre. Pero ella, que jamás logró dominar bien el telegráfico idioma, se ponía nerviosa lo que terminó convirtiendo el remedio en peor que la enfermedad.

Como el objetivo de utilizar ese alfabeto no se cumplió, buscó otros medios para ayudarla, pero sus esfuerzos nunca encontraron eco. Al final, desmotivado, resolvió dejarla a la deriva y no continuar arriesgándose a ser sorprendido por ayudar a alguien que no lo merecía. Quizás los reiterados fracasos la harían madurar y entonces regresaría en busca de apoyo.

Como había ocurrido ese día.

II

Cristina era una morena de rostro simpático, ojos pardos, vivaces, risa fácil y acogedora. En resumen, muy atractiva. Pero según sus compañeros, no era la más hermosa del curso, galardón que exhibía María Ignacia, seguida por Carolina, ambas rubias y delgaduchas. Pero Cristina fue la que se desarrolló primero. Antes que al resto de las niñas, le comenzaron a crecer los pechos hasta adquirir un tamaño que inquietaba el emergente erotismo de sus condiscípulos y también de los adultos. A todos les resultaba difícil escapar a su magnetismo, incluso a las mujeres del curso, que veían con envidia cómo se concentraban en Cristina las miradas libidinosas de los hombres. Poco ayudaba a disimularlos la ceñida blusa del uniforme escolar, aunque solía vestir tallas mayores. Sin proponérselo, todo lo que hacía, vestía y hasta la forma en la que se movía, conmocionaba a los jovencitos que con afán, muchas veces desmedido, buscaban la forma de conquistarla. Era común ver, durante los recreos, a una cohorte de muchachos en pos de Cristina, que impedida del mínimo de intimidad y abrumada por expresiones soeces de esa cargosa escolta, estallaba en lágrimas. Sintiéndose acorralada, comentó con algunas amigas su drama y ellas la adiestraron en una serie de mañas, muy propias de su género, para mantener a raya a los apasionados admiradores. Rodillazos, rasguños o codazos, lograban alejar a los más insistentes.

Claro que en el último año, en el que las fiestas con los compañeros de curso habían perdido la candidez de antes, reemplazando los globos y piñatas, por cigarrillos, alcohol y hasta algún aventurero con un pito de yerba, Cristina, embriagada, había sentido muchas manos incursionar por entre sus ropas. Felipe, tímido, nunca estuvo entre esos patudos, pese a que miraba con envidia y enojo cómo los otros abusaban de la indefensión etílica de su amiga.

Ahora, Cristina intentaba en vano concentrarse en las ecuaciones planteadas como tarea por su amigo. Los pensamientos volaban hacia esos fallidos violadores, frustrados por sus compañeros. No era ella la única del curso que permitía las incursiones por su escote –el asunto se había transformado en un juego erótico generalizado– pero hasta ahora pensaba que no había permitido nada más. Si lo que le relatara Felipe era verdad, quería decir que en estado de intemperancia podría haber sido violada por cualquiera y todo aquello que daba por hecho, que un rodillazo bien dado, un grito o un manotazo en la cara lograrían moderar al intrépido, borracha era letra muerta. Mientras seguía con la vista la mano de Felipe, dibujando números y signos sobre el cuaderno, no podía alejar de su mente estos pensamientos.

El llamativo busto de Cristina formaba parte de una extraordinaria estructura física; de partida era la más alta entre sus compañeras. Este desarrollo se lo debía, en gran medida, a la intensa actividad deportiva desplegada desde su infancia y que mantenía, pese a las indisciplinas del último año. El imparable remache diestro la convertía en integrante obligada del equipo de voleibol del colegio, aunque ese año decayeran algunas otras de sus virtudes, como la agilidad en el salto y los reflejos para las respuestas en la red. Pero la apasionaba este deporte y Cristina nunca había dejado de entrenar, ejercitando casi todas las noches en su hogar con las mancuernas.

Tan bien considerada estaba dentro de su especialidad, que, finalizado el interescolar del último invierno, en el que su colegio resultó segundo, fue convocada a la selección para que integrara el equipo que participaría en un sudamericano juvenil, en Paraguay. Pero a la luz del comportamiento en el último tiempo y por la experiencia vivida en un campeonato anterior, en que unos profesores intentaron seducirla, no le permitieron viajar.

Cristina atraía espectadores sin proponérselo. Cuando jugaba, la asistencia de muchachos aumentaba. Acudían para ver los vaivenes de esos pechos que los volvían locos y que a ella le resultaban imposibles de controlar. Mientras más se movían, más gritaban y aplaudían. Con ella en la cancha todos los hombres permanecían expectantes, esperanzados en que, aunque fuera por un segundo, quedaran a la vista esas maravillas que imaginaban.

Ahora y pese al calor levemente atenuado por el aire acondicionado, con mucha paciencia Felipe se esforzaba por enseñar a su amiga los misterios del álgebra, esos misterios siempre indescifrables para ella que, distraída por sus pensamientos y la modorra, le resultaban aún más difíciles de comprender. Una hora llevaba él insistiéndole en cómo tenía que enfrentar las ecuaciones, rehaciendo una y otra vez el mismo problema, sin que Cristina diera ninguna señal de estar entendiendo. Algo decepcionado, Felipe fue al refrigerador en busca de refrescos. Tanto hablar, le provocó sed.

Pero a él también le costaba concentrarse. Tener tan cerca esos pechos de antología, apenas cubiertos por esa polera mínima, lo turbaba. ¿Y si se tiraba el salto? Total, si Cristina le decía que no, con un par de buenas pajas lo solucionaba todo.

Regresó con los vasos burbujeantes mientras sus manos tiritaban con sólo imaginar la aventura erótica que pretendía iniciar. Se sentía como un equilibrista sobre una cuerda en las cataratas del Iguazú. Sin poder disimular su nerviosismo, miró de soslayo a Cristina y disparó, tartamudeando:

—Cris, Cristina, ¿me, me, me po… podís hacer un favor?

—Si se puede –dijo ella, intrigada.

—¿Por, por, por qué no me mostrai tus tetas? –dijo él con una sonrisa pícara en su rostro.

Pasaron algunos segundos. Ella, confundida, no reaccionó de inmediato ante ese pedido tan sorpresivo de su amigo. Recuperó la compostura y respondió:

—¿Mis tetas?...¿Estai loco o qué?

Felipe mantuvo su sonrisa al contemplar la cara de asombro de Cristina. Antes de formular su solicitud no sabía si recibiría un sí, un no o un golpe en la cara. Como le pareció indecisa, se atrevió a insistir:

—¡Qué cuesta! Acuérdate que cuando éramos chicos y jugábamos al doctor, te empiluchabas frente a mí…

—Sí, pero eso fue cuando éramos cabros chicos ¿Cuánto teníamos entonces, siete, ocho años...? –se defendió ella.

—Pero...pero... ¡Es que yo sé que se las mostraste a otros! –agregó Felipe, más atrevido.

—¡Nunca! ¡El que te dijo eso es un mentiroso! Quizás estando curada, algunos se han aprovechado y metido las manos, como a todas las del curso por lo demás, pero de ahí a mostrárselas a alguien... ¡Yo jamás!

—¿Y cómo el Zúñiga y el Monsalve dijeron que te las vieron a ti y a otras minas del colegio? Dicen que por el ventanuco del camarín del gimnasio, durante el campeonato de volei... –Felipe desesperado buscaba argumentos que lograran convencerla. Teniéndola tan cerca, no quería que se le escapara.

—¡Ahí, no sé! Pero que yo, voluntariamente, se las haya mostrado a alguien, ¡nunca! En todo caso, si hubiéramos pillado espiando a ese par de huevones, entre todas les sacamos la cresta ahí mismo. ¡Por sapos! –insistía la niña.

—Pero podíai mostrármelas a mí ¡que te cuesta! ¡Te juro que no le cuento a nadie! –el tono de Felipe rozaba la súplica.

La cara de niño inocente, cubierta con un bozo incipiente, no lograba disimular la ansiedad. Nunca antes tuvo una mejor oportunidad para acariciar a una mujer y esa tarde estaba decidido a insistir.

La muchacha replicó:

—Es que después vai a querer tocarlas, chuparlas y quizás que más...

El comentario de Cristina abría una posibilidad. Felipe decidió jugárselas.

—¡Mirarlas y tocarlas! ¡Te prometo que nada más!

Ella lo contempló resignada. Felipe le gustaba y quizás este momento se había atrasado por la timidez de él. Ahora, desinhibido, la contagiaba. Y el calor del estío invitaba a liberarse de la poca ropa que vestía. Recordó la grata calidez percibida cuando otros muchachos deslizaron sus manos bajo la blusa, acariciando los duros pezones. Pero sólo caricias le toleraría a Felipe. Los riesgos de un embarazo le habían sido explicados hasta el cansancio por su madre y por los profesores.

Mientras estos pensamientos le cruzaban por la mente, la polera rosada, pequeña, sin sostén, agigantaba la silueta del busto, perturbando aún más al muchacho, que no les quitaba los ojos febriles de encima. Cristina, creyéndose capaz de poner atajo a cualquier desenfreno, le respondió:

—Bueno. Te las voy a mostrar, y las vai a poder tocar, pero con dos condi... ¡No! Mejor, con tres condiciones...

—¿Cuáles? –Felipe, a quién por los poros se le veía la agitación, sabía que prometería llevarla en volandas hasta la luna, si ella le exigía eso.

—Primero, sin contárselo a nadie, ¿lo jurai?

La mirada inquieta de Felipe, que pretendía abarcarlo todo, secundaba a la cabeza que respondía que sí, mientras un hilo de saliva se desprendía de su boca. Sabía que antes de que Cristina abandonara la casa, él ya estaría con el celular en la oreja relatando su proeza. Pero eso ella no lo sabría hasta el día siguiente, cuando fuera comentario obligado entre los compañeros de colegio.

—¡Ya pues, contesta! ¿Lo jurai?

—¡Sí, sí, lo juro, lo juro!— levantó la mano izquierda como había visto en el cine. Sólo le faltaba la Biblia en la derecha.

—¿Por tu mamá?

—¡Si, sí, por mi mamá y si querís, por mi abuelita también!

—Bueno. Segundo: las vas a mirar y a tocar sólo un minuto. ¡Nada más!

Nuevamente el muchacho asintió con la cabeza, sabiendo que ese minuto sería eterno, porque él buscaría por todos los medios la forma de prolongarlo hasta el infinito.

—Sólo un minuto ¿está claro? —repitió ella, que a esas alturas también estaba anhelando entrar, de una vez por todas, en el juego.

—¡Sí, sí! Claro como el agua de la piscina.

—Y tercero —Cristina dejó unos segundos de suspenso, mientras Felipe con dificultad se reprimía para no lanzarse sobre la muchacha —Me tenís que mostrar tu pene.

—¿Qué!

—¡No te hagai el sordo, huevón!...Que me tenís que mostrar tu aparato. Nunca he visto uno de verdad, sólo en los libros del colegio.

—¿Nunca has visto un…un…un pico, una verga, una diuca?

—Nunca. Ni menos lo he tocado. Estoy virgen, aunque parece que nadie me cree.

—Te creo. Porque yo también lo estoy.

—¡Pero en el colegio!...

—Si, igual que todos. Hablamos de aventuras eróticas para no parecer estúpidos. Pero estoy tan virgen como la selva y…

—En todo caso, por ningún motivo quiero que mi virginidad se quede hoy en tu casa. Vamos a jugar al doctor, como cuando éramos pendejos y te veía ese pirulín chiquitito y yo te mostraba mi pecho plano, pero hasta ahí vamos a llegar. ¡Y por un minuto. Vas a ser mi doctor por un minuto y nada más! Lo tenís claro, ¿verdad?

Pero la ansiedad ya desbordaba a Felipe, cuyos bermudas exhibían sin pudor toda la fuerza de su erección. Su mente estaba fija en el espectáculo que estaba por comenzar y no respondió, obligándola a repetir la pregunta:

—¡Contesta! ¿Lo tenís claro?

—¡Sí, sí! ¡Ya pues! ¡Déjate de poner condiciones huevonas y sácate la polera de una vez por todas! –La respuesta violenta, poco común en Felipe, inquietó a la muchacha, que frunció el ceño, pero continuó con el juego.

Apoyó su trasero contra el escritorio y comenzó a moverlo con cadencia al mismo tiempo que jugaba con los tirantes de la polera, moviéndolos de un lado a otro y de arriba hacia abajo, como si siguiera el ritmo pausado de una música inexistente. Lo hacía con lentitud, mientras los ojos desorbitados del muchacho permanecían fijos en la región que le quitaba el sueño. La boca entreabierta mostraba su respiración agitada. Cristina dejó a la vista por breve instante un pezón burdeos, como una guinda pequeña, para volverlo a ocultar, mientras el pantalón de baño de Felipe resultaba insuficiente para disimular tanta virilidad.

Ahí Cristina, antes de dejar por completo sus pechos a la vista, le dijo desafiante a Felipe:

—¡En qué quedamos! ¿No ibas a mostrarme lo tuyo?

Felipe, sin responder ni despegar los ojos de ella, liberó su pene, que saltó de la cárcel para quedar a merced de la mirada sorprendida de Cristina, mientras la bermuda se deslizaba hasta los tobillos. Rígido como un lápiz, la muchacha observó que el largo aparato no tenía mucho que ver con las tripas colgantes que aparecían en sus libros de ciencias. Entonces, ella se sacó decididamente la polera, dejando a la luz todo el esplendor de los magníficos pechos con que la había dotado la naturaleza.

El muchacho, boquiabierto, con las pupilas dilatadas como para acapararlo todo, contemplaba extasiado el manjar que tenía frente a los ojos. Ni en sus mejores sueños había imaginado la posibilidad de estar esa tarde de domingo, que se anunciaba tan aburrida, teniendo a su alcance al ícono erótico del curso. Sus manos adoptaron la forma de una copa para rodear esas maravillas y comenzó a masajearlas mientras su hombría le exigía más y más. El tiempo transcurrió como un suspiro. El minuto pactado expiró, pero a él no le importó y ya no se conformó con tocarlos. Quiso lamerlos, morderlos, guardarlos para sí por siempre, mientras Cristina se defendía de este sujeto extraño, tan distinto al Felipe que ella creía conocer y que ahora comenzaba a dañarla:

—¡Ya está bueno, ya pasó el minuto! ¡No las aprietes tanto, que me duelen! –gritaba con angustia, empujando hacia atrás a Felipe, que no hacía nada por cumplir sus promesas. Para ella también resultaba difícil poner atajo a esa pasión desbordada, sobre todo sintiendo cómo el miembro erecto de Felipe se refregaba contra sus piernas, pero tanto consejo, tantas charlas, las recomendaciones del cura, del orientador, de la mamá y de tantos otros, habían dejado su huella y el temor a un embarazo la obligaba a continuar repeliendo a su amigo. Felipe, olvidando para siempre la palabra empeñada, iba por todo el botín, intentando bajarle los short o simplemente rajar la poca ropa que aún la cubría. Entonces Cristina, víctima de una creciente sensación de pánico, le dio un fuerte empujón que lo hizo trastabillar. Él se enredó con sus bermudas y cayó de espaldas.

Luchando con el pantalón atado como un pulpo a sus tobillos, logró ponerse de pie y volvió al ataque. Fuera de sí, decidido a conseguir a cualquier precio el propósito al que lo empujaba su instinto primitivo, hizo uso de todas sus fuerzas para terminar de desnudarla y penetrarla hasta el fondo con esa parte de su anatomía que parecía estar, como una brújula, apuntando el camino que debía seguir.

Cristina, desesperada, se retorcía contra el borde del escritorio y buscaba la manera de escapar a la jaula en la que se habían transformado los brazos de Felipe. Intentó el rodillazo, los rasguños, los mordiscos y todo el arsenal que su cerebro agitado le ordenaba. Pero él parecía inmune a toda artillería, porque nada lograba contener su brutalidad. Aprovechando un instante en que Felipe retrocedió un metro para retomar impulso, ella lo golpeó con su puño directo en el rostro, por debajo del ojo izquierdo. El muchacho reaccionó indignado, respondiendo de la misma manera, sólo que Cristina alcanzó a girarse a tiempo para recibir el golpe en la oreja, saturándole el oído con un silbido agudo.

Algo mareada, continuó defendiéndose como podía hasta que su mano derecha se topó con algo muy duro que descansaba sobre el escritorio. Sin tiempo para mirar ni para calcular las consecuencias, empuñó a Beethoven y golpeó con todas sus fuerzas el lóbulo parietal izquierdo de Felipe. La desesperación le impidió escuchar el crujido de algo quebrándose que produjo el impacto, pero sí percibió un chorro tibio que le regaba las piernas, mientras que el muchacho se abrazaba a ella. Pensando en que él reiniciaba la carga, instintivamente volvió a golpear con energía, dos, tres veces, descargando toda la potencia de su brazo derecho, reeditando su mejor remache en la red, ahora directo en la nuca y ahí sí que escuchó un horrible crujido de huesos o de nervios o de lo que fuera.

Él, sin emitir un quejido, se desplomó como una marioneta sin cuerdas azotando su cabeza, primero en el borde del escritorio, para detenerse con otro golpe seco sobre el piso alfombrado.

III

Los primeros momentos fueron caóticos. Cristina, tensa como soporte de puente colgante, continuaba con el busto de Beethoven en su mano derecha, preparada para seguir golpeando. Con la otra mano intentaba reacomodar sus ropas maltrechas sin quitarle la vista al cuerpo inmóvil que yacía a sus pies. Muy nerviosa, temía que si dejaba de mirarlo, Felipe se levantaría para agredirla nuevamente.

Un pequeño hilo de sangre que salía de la cabeza del muchacho, comenzó a expandirse lentamente sobre los arabescos de la alfombra. Mirando atónita las consecuencias del juego, le sobrevinieron tercianas y un llanto incontrolable. Tiritando, abandonó la oficina y cerró la habitación. Una vez en el antejardín, un limpiapiés impidió el cierre de la puerta de acceso. Cristina, fuera de sí, no reparó en el detalle.

Corrió desesperada, tropezando constantemente por culpa de sus chalas plásticas. En un jardín del vecindario, arrojó el busto de Beethoven, que cayó en la base de un rosal. Tomó el calzado en sus manos, para continuar a la mayor velocidad que le permitían sus piernas descalzas.

Entró en su casa como una exhalación, sin percatarse de la presencia de sus padres, que ahora descansaban en reposeras junto a la piscina. Al pasar no escuchó a Raquel, su madre, cuando la llamó, alarmada por la angustia que alcanzó a ver reflejada en el rostro en la niña:

—¡Cristina! ¿Qué te pasa, hija?

Continuó corriendo hasta su dormitorio, tirándose sobre la cama. La agitación era extrema. Llorando temblorosa, intentaba ordenar los sucesos. Llegarían sus padres y pedirían una explicación. Todo era tan reciente, tan violento, que millares de imágenes se agolpaban en su cabeza sin orden ni concierto, convirtiéndola en un laberinto de sensaciones extrañas, contradictorias. No lograba ordenar sus ideas ni comprender cómo algo, que partió con tan buena intención, terminaba en tamaña tragedia. Quería convencerse que todo era un mal sueño, pero no podía engañarse. Bastaba con ver sus ropas maltrechas y las huellas del forcejeo en su cuerpo, para que resurgiera la terrible realidad. Felipe estaba muerto —no le cabían dudas —y ella lo había asesinado.

Cuando entró su madre, la encontró llorando angustiada, sumida en estas cavilaciones:

—¿Qué te ha pasado, hija, por Dios?

Cristina prorrumpió en sollozos más intensos al sentir la mano de su madre acariciándole la cabeza. Se abrazó a ella y en un relato entrecortado por el llanto, le resumió lo ocurrido:

—Fui donde Felipe Gacitúa para que me enseñara álgebra, pero me atacó. Me quiso violar.

—¡Felipe! ¡Si siempre fue tan caballero! ¿Y alcanzó a hacerte algo ese niño?

—¡No, mamá, no alcanzó a violarme! Pero me manoseó y me rompió la ropa. Yo le pegué con algo en la cabeza y hui, aunque antes me saltó un líquido asqueroso entre las piernas.

Poco le costó a Raquel percatarse de qué eran los restos ya secos adheridos a los muslos de su hija. Bastaba mirarla para darse cuenta de que la niña vivía la experiencia más traumática de su existencia. La acarició y la besó en la frente mientras decía:

—¡El muy cerdo! Y a él, ¿le pasó algo?

—Quedó botado en el piso, ¡yo creo que muerto, mamita! ¡La verdad mamá, es que no sé si está vivo o muerto! –Cristina casi gritaba de angustia.

El llanto desesperado de la niña contagió a Raquel, que sintió un gran peso en su conciencia. Pensó que parte de este episodio era su culpa. Se consideraba una egoísta porque privilegiaba las actividades sociales, privando a su hija de la dedicación que merecía. Cristina crecía demasiado rápido y casi ajena. En el último tiempo llegaba borracha con frecuencia y la había reprendido por ello, pero sin buscar el origen del problema. *"Cosas de la juventud, yo también pasé por esa edad",* se decía escondiendo su cabeza como un avestruz. Y ahí estaban las consecuencias. Su hija se escapaba de casa mientras ellos dormían la siesta, con el pretexto de estudiar con un compañero y regresaba quizás convertida en una asesina, salvada por poco de ser violada.

—¿Cómo se siente, mi amor? –preguntó Raquel en un tono cargado de culpa.

—Mejor, mamá –las caricias habían surtido el efecto apaciguador y Cristina, más tranquila, se cobijaba entre los brazos de su madre.

—Te traeré un vaso de jugo –le dijo y salió.

Mientras caminaba hacia la cocina, pensaba en que si bien sus consejos sexuales habían servido, no bastaban. Tendría que dedicarle más tiempo a la niña, que pasaba por una edad complicada y sin una buena guía podía perderse en los vericuetos de la vida. Y eso estaba comenzando a ocurrir. La buena situación económica, el darle todo lo material, no la eximía de sus responsabilidades. Siempre había pensado lo mismo, pero de una u otra forma se las arreglaba para eludir sus obligaciones, dando permisos sin saber dónde o con quienes se juntaría. Resultaba más fácil decir que sí y evitarse las caras largas.

Cuando regresó a la habitación con la jarra de jugo con hielo, ya estaba Roberto, su marido, abrazando a Cristina que otra vez lloraba desconsolada, repitiendo la historia a su padre.

Se produjo un largo silencio. Sólo se escuchaban los suspiros de la niña y el ronroneo del acondicionador de aire. Roberto comenzó a interrogar a Cristina sin estrépito, como en una conversación cotidiana:

—Tesoro, ¿dónde quedó Felipe?

—Botado en el piso del escritorio de su papá. Le sangraba la cabeza— respondió la niña.

—¿Sangraba mucho, hija?

—No lo sé, papá. Cuando vi crecer la mancha y que la alfombra se oscurecía, me desesperé. Lo único que quería era huir de ahí.

—¿Y su familia, mi amor?

—Andan en el paseo de curso de la hermana, papi.

—Es decir que nadie más supo que estuviste en esa casa –afirmó Roberto.

—Sí, papá.

—¿Y del vecindario, tesoro?

—No sé. Cuando fui para allá, no me crucé con nadie. Al volver, corría tan asustada, que no me fijé. Tampoco sé si alguien me escuchó gritar, pero no lo creo, porque no apareció nadie, papito.

—¿Gritaste en la calle, Cristina?

—No. En la calle no grité, fue en el escritorio del tío Esteban, cuando Felipe me tironeaba la ropa para violarme. Grité para que me soltara.

—¿Con qué lo golpeaste, hija?

—Con un mono de fierro que estaba sobre el escritorio, papá. Fue lo primero que encontré.

—¿Un mono de fierro? —el rostro de Roberto mostraba extrañeza.

—¡Sí! Un busto de un artista. Parece que Felipe me dijo que era Beethoven.

—¿Y dónde quedó ese "mono de fierro"?

—Salí corriendo con él en las manos. No quería soltarlo para defenderme por si Felipe me seguía y volvía a atacarme. Pero lo boté en el camino para sacarme las chalas que no me dejaban correr.

—¿Lo golpeaste muchas veces, amor mío?

—No recuerdo si fueron tres o cuatro, papá. Después de tirarme ese chorro en las piernas, me abrazó con fuerza y ahí le pegué varias veces. Entonces cayó.

—Y cuando ya estaba en el piso, ¿lo golpeaste otra vez?

—¡No, papá! Ahí ya estaba inmóvil, como muerto y le salía sangre de la cabeza, pero igual me dio miedo de que se levantara y volviese a atacarme.

Mientras le acariciaba la cabeza, Roberto meditaba. Sin duda era un problema muy serio. Por lo que decía su hija, existía la posibilidad cierta de que el muchacho estuviese muerto o malherido. Por otro lado, ambos eran menores de edad, inimputables según la ley. La situación tenía muchas aristas para él desconocidas e insospechadas. Sin ser abogado, lo intuía complejo. Así como estaban las cosas, veía dos caminos posibles:

Uno era acudir a la policía, denunciar el intento de violación, para luego llevar a su hija al hospital a constatar lesiones y someterla a todo el proceso legal que eso conllevaría. Significaba interrogatorios, y tal vez, malos tratos. Él tenía buenos contactos, pero no podía descartar la posibilidad de que su hija fuera detenida y trasladada a algún hogar de menores junto a delincuentes.

—Para nadie es un secreto lo terrible que son esos recintos –pensó Roberto–. *Tendría que convivir con niñas narcotraficantes, precoces prostitutas y muchachas de las peores raleas. Mi hija no resistiría ni una hora en ese ambiente hostil.*

También era necesario conocer la versión de Felipe, si es que la podía narrar. Después de ver la conducta de su hija en el último tiempo, la confianza de Roberto flaqueaba y quizás la historia no era como ella la contaba. Podría estar exagerando para evitar un castigo por salir sin autorización de casa mientras ellos dormían. Si la cosa no era tan terrible como la describía Cristina, el muchacho salía bien y los Gacitúa no hacían ninguna denuncia, el asunto terminaría ahí. Pero si las lesiones eran mayores, lo mejor sería esperar a ver la reacción de ellos antes de actuar.

El segundo camino era tratar de desentenderse, por el momento, del hecho y esperar el desarrollo de los acontecimientos, actuando en consecuencia. Después de mucho meditarlo, Roberto se decidió por esta opción.

—Vamos a hacer lo siguiente; continuaremos con nuestra vida normal, simulando que no sabemos nada de lo que ha pasado. Dependiendo de lo ocurrido con Felipe y de cómo evolucionen las cosas, veremos lo que hacemos. Corazón mío, ojalá que nadie te haya visto. Mientras, recorreré el camino hasta la casa de los Gacitúa para ver si encuentro el "mono de fierro", como lo llamas. No debiera estar lejos. ¿Estás de acuerdo?

—Sí, papá —en la situación en la que se encontraba, sabía que tendría que acatar todo lo que sus padres le indicaran.

—Hijita, ¿te crees capaz de guardar el secreto, pase lo que pase, sin comentarlo con tus amigas, ni siquiera con la Lupe, nuestra nana?

—Yo creo que sí, papá, aunque tengo mucho miedo.

—No tengas miedo, mi amor. Él te agredió y tú sólo te defendiste como lo hubiera hecho cualquier mujer. Pero si por una indiscreción nuestra, el asunto se sabe, te acusarán y deberás enfrentar el rigor de los humillantes interrogatorios policiales. Por eso creo que es indispensable mantener el secreto. Y cuenta con nosotros. Ahora menos que nunca te dejaremos sola.

—¿Y si lo maté, papá? –Cristina hablaba entre sollozos, revolviéndose en su angustia.

—Espero que eso no haya sucedido. Sé que golpeas con mucha fuerza, ojalá que no tanta como para que eso haya ocurrido.

Roberto se quedó contemplando a su hija. Pensó en que se había resistido a admitir cómo se estaba transformando en mujer. Los años pasaron demasiado rápido para él, que vivía preocupado de su trabajo y de sus conquistas, buscando cómo incrementar el maldito dinero y cómo engrosar la lista de amantes, su gran debilidad. Debió ser más cercano a sus hijos, la única verdadera razón de vivir.

Cuando quedó sola, Cristina decidió ducharse. Salió del baño limpia de cuerpo, aunque con el alma contrita.

Comenzaba a anochecer cuando Roberto encontró el busto de Beethoven. Estaba embarrado, botado al pie de un rosal que recibía una leve aspersión del regador automático. Luego de recoger al músico, miró hacia los lados. Nadie circulaba por ahí y por la quietud de ese momento, casi parecía un barrio fantasma. Con la figura en la mano, caminó sin prisa, girando en la esquina hacia la casa de los Gacitúa. La puerta entreabierta lo inquietó. Se acercó con cautela hasta un par de metros y gritó *"hola"*. Nadie respondió, pero no se atrevió a entrar. Si era sorprendido al interior, lo podían acusar de lo ocurrido ahí, fuese lo que fuese. El inesperado ruido del motor de un automóvil lo obligó a continuar su camino. Sintió temor. Cuando el vehículo desapareció en la esquina, apuró el tranco para regresar a su casa.

Mientras lo hacía, pensaba en cómo enfrentar el problema. Se reprochaba porque debió ingresar en la casa de los Gacitúa, ver lo que ocurría y si Felipe estaba herido, procurarle la atención médica, pero ¿qué pasaría si justo regresaba Esteban y lo encontraba ahí? Por muchas explicaciones que diera, no vacilaría en inculparlo y él no podría defenderse sin condenar a su hija. Mejor continuar su camino y no comprarse un problema adicional, cuyas consecuencias eran imprevisibles.

Una vez en su hogar, revisó a solas el busto de bronce. Era una hermosa pieza antigua, pesada, de unos veinte centímetros, en la que, pese al barro, se apreciaban moldeados con prolijidad los rasgos del músico. Los vértices de la base mostraban restos de sangre acuosa y pelos castaños adheridos. No requería ser un perito para deducir que, presa de la desesperación, Cristina había golpeado con todas sus fuerzas al muchacho, lo que aumentó la inquietud de Roberto. Los restos de sangre y pelo, que nadie hubiese respondido a su llamado, la puerta entreabierta, dejaban en claro que se había tratado de una pelea en serio, no de una pendencia de niños. Se recriminaba por su cobardía. Debió entrar en casa de los Gacitúa y socorrer al herido que, casi con certeza, estaría grave.

Lavó y secó con prolijidad la pieza de bronce antes de guardarla en su caja fuerte. Ya habría un momento mejor para deshacerse de este fatal elemento.

La noche fue terrible para Cristina. Desde cada rincón de la oscuridad de su pieza le parecía ver emerger a Felipe reclamándole por lo hecho. Buscaba cobijo bajo la almohada, pero la imagen la perseguía por todos los laberintos de su cerebro. En medio de la tragedia, pasaron a un plano secundario la prueba de álgebra y las consecuencias de su reprobación. Una y otra vez se juraba que no volvería a beber, ofreciendo cualquier penitencia a todos los santos del cielo con tal que a Felipe no le hubiese ocurrido nada serio. Pero durante el desvelo, su estado de ánimo cambiaba y la invadía la cólera por la incapacidad de él para controlarse y cumplir sus promesas:

—*¡Estúpido! Le dije hasta donde podía llegar, pero no lo respetó. ¡Mira en el lío en que me fue a meter!... Y quizás qué va a pasar con él, si es que aún vive.*

Perseguida por los más siniestros pensamientos, la muchacha caminaba como acorralada por su habitación. A ratos lloraba, reprochándose en voz baja. Luego cambiaba el tono y comenzaba a retar a Felipe en voz alta, como si estuviese ahí con ella. Raquel, desvelaba en la habitación contigua, escuchaba con tristeza los monólogos de su hija. Le hubiese gustado compartir su congoja, recostarse a su lado, acariciarla como cuando era pequeña. Cristina, que optó por la soledad, sumía aún más en la tristeza a su madre, que entendió este rechazo como un castigo.

Raquel por supuesto conocía los resultados escolares de su hija y asumió que con esto quedaría repitiendo curso. ¿Qué podría decirle si no concurría a rendir su prueba ese día lunes? Pero se equivocó. Más temprano que nunca la escuchó ingresar al baño y prepararse para ir al colegio. Al verla de uniforme y lista para partir, le dijo:

—Cristinita, creí que no irías al colegio hoy.

—Prefiero ir, mamá, para saber algo de Felipe. Además, siento que si no asisto, estaría aceptando mi culpa. No sé de qué, porque no sé en que terminó todo, pero la culpa de algo. Además, mi ausencia podría prestarse para habladurías y quiero evitar que eso ocurra.

—Alabo tu determinación, hija ¿Y vas a rendir tu prueba?

—Sí, mamá. No me queda otra. Aunque sólo sé que nada sé –interiormente se sonrió con su ocurrencia, que le pareció original.

Al despedirse de ella, Raquel supo que algo importante había cambiado en Cristina durante esa noche triste. Mostraba la valentía y el desplante de una niña mayor. Si sería para mejor o para peor, el tiempo lo diría. Quizás se equivocaba y la niña, tan inestable con sus emociones, como casi todas las adolescentes, pronto olvidaría todo para volver a ser la muchacha rebelde, traviesa y desordenada. Aunque lo dudaba. Era evidente que lo sucedido le había impactado hondo.

Antes de descender del auto en el colegio, Cristina besó a su padre en la mejilla, como lo hacía siempre, pero además lo abrazó con ternura:

—Te quiero mucho, papá –le dijo mientras lo besaba en la otra mejilla y en la frente, asombrando al hombre que, desde que su hija era muy pequeña, no sentía tanto afecto.

Para él la noche también fue larga y, desvelado, en muchos momentos estuvo a punto de levantarse y partir a casa de los Gacitúa para conocer de verdad lo ocurrido con Felipe. Si bien era cierto que el muchacho había atentado contra la integridad de su hija, no lo era menos que a ella también le cabía responsabilidad. Roberto, como macho y mujeriego, sabía que para una mujer entrar en la casa de un hombre solo, significaba pararse en la puerta del horno. Quemarse no costaba nada. Además, Cristina se vestía a veces dejando en evidencia sus atributos físicos que, sin lugar a dudas, tenían que causar trastornos eróticos en los muchachos. Si incluso él, como padre, se había sorprendido contemplando absorto esa privilegiada parte de la anatomía de su hija. El rubor lo invadía cuando, al levantar la vista, se encontraba con los ojos acusadores de ella. Quizás lo de Cristina era ingenuidad o inmadurez, pero para hombres con las hormonas bien puestas, una mujer así era un imán. Y en la adolescencia masculina, el deseo sexual era casi una enfermedad irreprimible.

Luego de un intenso debate interior, finalmente decidió no ir a casa de los Gacitúa porque hacerlo en ese momento y circunstancia, implicaba aceptar, de alguna forma, que tenía conocimiento de lo ocurrido. Sus mayores dudas eran saber, primero, si Felipe estaba vivo y si así fuese, conocer su real estado. Como intuía que el problema podía llegar a ser muy complejo, no escatimaría esfuerzos para apoyarla. Golpearía puertas, pagaría y cobraría favores, todo para evitar que su hija se viese enfrentada a un juicio y, lo más terrible, a una reclusión en uno de esos infernales centros de rehabilitación juvenil.

Cristina ingresó ese día lunes al colegio intentando disimular el nerviosismo que la envolvía, traducido en un peculiar cosquilleo en el estómago y tembladera de rodillas. Con esfuerzo, trataba de sobreponerse. Si alguien la notaba extraña, le diría que se debía a la prueba de álgebras. Saludó a sus compañeros y llamó su atención que nadie hiciera comentarios respecto de Felipe. Llegó a pensar que su teoría de que todo no era más que un mal sueño cobraba vigencia y que él pronto aparecería en medio del grupo, alegrando a todos con sus bromas, como siempre.

Por el contrario, reavivando en ella un tema olvidado por la magnitud del otro, muchas de sus amigas aludieron, como en secreto, a la noche del sábado y al intento de violación del que fuera víctima. Todas le recriminaban su afición por el trago. Cristina no pudo eludirlas y no le quedó más que reconocer, avergonzada, no recordar nada de lo ocurrido. Incómoda, con el pretexto de dar un último repaso a las materias del examen, se retiró del grupo y buscó refugio en la biblioteca del colegio. Tenía preocupaciones harto mayores como para continuar escuchando reprimendas por algo que, al lado del otro problema que vivía, le parecía irrelevante.

Cuando el timbre anunció que las clases comenzaban, resultó obvia la ausencia de Gacitúa. La profesora de Matemáticas preguntó por él, pero nadie tuvo una respuesta. A la maestra le resultaba extraño que su mejor alumno no asistiera a rendir la última prueba, aunque poco incidiría en su nota final. Mientras ella le manifestaba a todo el curso su extrañeza, Cristina, nerviosa, se retorcía en su pupitre como si tuviera unos deseos irresistibles de orinar.

Al recibir la hoja con las preguntas ojeó los ejercicios para percatarse de inmediato que era incapaz de resolverlos. No recordaba ningún procedimiento ni las fórmulas que había alcanzado a repasar con su amigo la tarde anterior. Además, su cabeza estaba en otra parte y más que nunca en ese momento carecía de poder de concentración como para intentar desentrañar esos misterios que —aún en plena lucidez —escapaban a su entendimiento.

Resignada a su destino, no se le hizo tan difícil entregar una hoja en blanco. Sentía las miradas de entre lástima y reproche de todos sus compañeros, mientras caminaba hacia el escritorio de la maestra, que la miró a los ojos y encogiéndose de hombros, como diciéndole *te lo había advertido* le indicó con otro gesto que dejara la hoja sobre la mesa y abandonara la sala.

Concluida la prueba, se restó a los grupos formados para revisar las respuestas y hacer los comentarios de rigor respecto de cómo le había ido a cada cual. Ella no tenía nada que opinar.

Sólo su amigo Juan Carlos se acercó:

—¿Parece que no respondiste nada?

—No.

—¿Sabías algo?

—¿La verdad?, nada. Este año me lo he farreado por completo y no sólo en matemáticas...

—Te lo habís farreado por completo adentro y afuera del colegio. De buena te salvamos el sábado.

—¿Por qué? —Cristina sintió que el pulso se le aceleraba.

Con seguridad Juan Carlos le repetiría la historia del intento de violación que ya le contaran Felipe y sus compañeras. Además, había divisado a Rafael Gómez con su ojo en tinta y a Miguel Céspedes con un parche sobre el labio, aunque los evitó. Sabía que les debía un agradecimiento, pero no era ese el mejor momento para hacerlo. Lo haría cuando estuviera con más ánimo y en otras circunstancias.

Cristina, conocedora de los sucesos que su amigo relató, lo escuchó en silencio y con paciencia, como si recién se enterara, mostrando asombro. Evitó opinar para no dar alguna señal de lo ocurrido con Felipe. Cuando Juan Carlos terminó, le dijo:

—Para mí que, de puro celoso, estai inventando esta historia, huevón.

—Por todo lo que te quiero, Cristina mía, ojalá fuera inventada. De todas maneras, me creas o no, será mejor que tengai cuidado. Dos compañeros resultaron heridos y podrían estar muertos por defenderte mientras estabai borracha.

Diciendo esto, Juan Carlos, molesto porque esperaba de ella una reacción distinta, alguna promesa de tratar de cambiar, se dio media vuelta y regresó junto al grupo que terminaba de comentar la prueba.

Mientras todo esto ocurría, la imagen de Felipe botado en el suelo regresaba una y otra vez a la mente de Cristina. Lo suponía vivo. Si estuviese muerto, ya la noticia hubiese explotado como bomba de racimo en el colegio.

Después que Juan Carlos se alejó de ella, se sintió muy sola, marginada, como apestosa. Quizás sabían lo de Felipe y simulaban ignorarlo a la espera de que llegara la policía para obligarla a confesar. Deambulando como un fantasma por el patio, sentía sobre ella los ojos acusadores de todos sus amigos. Tal vez no era por lo de Felipe. Quizás era por quedar repitiendo de curso. O porque habían golpeado a dos compañeros por su culpa.

Regresó a casa caminando lento las diez cuadras y llegó justo para almorzar. Mientras recorría las calles, pensaba en lo extraño que resultaba que en el colegio no se supiera lo de Felipe, como tampoco se hablase abiertamente del intento de violación por los flaites. Por suerte no la citaron a la oficina de la inspectora a explicar lo ocurrido; le hubiera significado otra gran aflicción. Se sentía insegura. Temía que, acongojada como estaba, frente a cualquier pregunta terminaría confesando lo de Felipe.

Antes de llegar a su casa dio un pequeño rodeo para pasar frente al lugar del drama. Desde la calle, en la casa de los Gacitúa nada hacía presumir que en su interior se estuviera viviendo la tragedia tan enorme que ella suponía.

En cambio, en su casa, Raquel expectante, la aguardaba con la noticia:

—Amor mío, las cosas están feas. Vamos a conversar a tu dormitorio —le dijo después de saludarla con cariño. Habló casi en un murmullo, como evitando los oídos que se suele decir tienen las paredes:

—¡¿Qué pasó, qué supiste, mamá?!

—Felipe está en estado de coma en la Clínica Británica. Esta mañana, poco después de tu partida, apareció una ambulancia y se lo llevó. Cuando pasó ululando por aquí yo la seguí, pero no pude conversar con Inés, que gritaba como una enajenada. La Corina me dijo que lo golpearon en la cabeza y que está muy mal, casi muerto. Ella lo encontró botado en medio de un charco de sangre, en la oficina de Esteban. En el noticiero informaron que la casa de los Gacitúa fue asaltada y que golpearon al hijo de la familia con algo contundente en la cabeza. Llamé a la clínica y me señalaron que su diagnóstico es reservado.

Mientras escuchaba a su madre, los hombros de Cristina se iban sumergiendo para terminar con ella reducida a un pequeño bulto de pena.

—¿No dijeron nada más, si tenían algún sospechoso? —preguntó con un hilo de voz.

—No, nada más, corazón mío. Sólo que lo habían golpeado en la cabeza con un objeto contundente y que la policía busca a los culpables.

—Mamá, necesito saber de Felipe, ojalá verlo. Quiero que me lleves a la Clínica Británica.

—¿Y te vas a ir a meter en las patas de los caballos, hija querida? ¿No sería mejor esperar para ver qué pasa? Muchas veces descubren al asesino cuando regresa al lugar del crimen— apenas terminó de decirlo, Raquel se arrepintió.

—No soy ninguna asesina, mamá. Yo soy tan víctima como él. Si Felipe no hubiera intentado violarme, nada de esto hubiera sucedido.

Raquel se extrañó de la frialdad con que su hija había emitido este comentario. Pero a la luz de su versión, resultaba razonable. Tal vez al final no fuera tan traumática la experiencia para la niña. Pensando en eso y en que quizás al conocer de primera fuente las novedades se tranquilizaría, aceptó llevarla a la clínica.

En la sala de espera de la Unidad de Cuidados Intensivos, estaban los padres y la hermana de Felipe, acongojados. Inés, la madre, arrinconada, no aceptaba hablar con nadie, llorando en silencio. Esteban, su marido, intentaba consolarla, aunque se veía tan afectado como su mujer. Estaban presentes otros compañeros de curso que cuchicheaban entre sí. Juan Carlos se acercó a Cristina y la saludó con afecto, lo mismo que a su madre.

—¿Qué se ha sabido, Juan Carlos? —preguntó Raquel.

—Que está en coma, tía. Los doctores no se atreven a dar un diagnóstico. Dicen que hoy y mañana serán cruciales.

—¿Qué pasó?— preguntó Cristina, asombrada de su propio cinismo.

—Lo asaltaron en su casa ayer. Sus padres con su hermana andaban en el paseo de curso de la cabra chica y él estaba solo. Lo malo fue que los viejos, cuando llegaron anoche, no se percataron de que estaba herido. Supusieron que Felipe dormía en su pieza y no quisieron molestarlo. Lo encontraron esta mañana y al parecer, había perdido bastante sangre. A uno de los doctores le escuché decir que podría quedar en estado vegetal por los golpes que recibió en la cabeza.

Mientras Juan Carlos hablaba, Cristina sentía que el corazón se le estrujaba y que hasta la última gota de su propia sangre le salía del cuerpo, mientras una tristeza inmensa la inundaba. Todas las promesas de silencio y compostura hechas a su padre parecían superarla, porque un irreprimible deseo de gritarles a todos lo ocurrido la invadía. Para evitarlo, prefirió buscar refugio en las lágrimas y en el hombro de su madre.

El llanto de Cristina resultó contagioso y pronto varias de sus compañeras lloraban sin consuelo, arrastrando a algunos adultos, que emitían los típicos comentarios reclamando contra la violencia en las calles y la inseguridad. En medio de ese coro lastimero, Inés, la madre de Felipe, soltó un grito agudo y prolongado, antes de desmayarse sin que nadie la alcanzara a sostener. La caída de la mujer provocó un caos total en la sala de espera, que el personal de la clínica logró dominar luego de unos minutos de mucha tensión.

Raquel, al ver a su hija tan afectada por lo que estaba ocurriendo, optó por llevársela. La sacó con prontitud para regresar a casa. Durante el trayecto, la muchacha, que comenzaba a dimensionar de verdad la tragedia, se recriminaba, llorando sin consuelo. En ese momento comprendió que este episodio jamás saldría de su vida.

En el Colegio, a raíz de los acontecimientos, las actividades del día martes se suspendieron. Profesores y alumnos estaban consternados por la noticia y la Dirección consideró que no existían las condiciones para impartir clases.

Cristina, encerrada en su pieza como una penitente, apenas bebió un poco de agua. Se sentía como el condenado a la espera de ser trasladado al cadalso. Pensaba que tras la puerta estaban los policías listos para llevarla a la cárcel. Agobiada por los temores, su escasa capacidad de concentración se esfumó. Un libro sobre la cama, el computador con una imagen inmóvil y el televisor apagado daban cuenta de ello. Ni siquiera la música, compañera infaltable en su vida, estaba presente. Su estado de ánimo oscilaba entre la pena, la rabia y el arrepentimiento. ¿Qué hubiera ocurrido si hubiese accedido a los deseos de Felipe? También estaría viviendo horas difíciles, preocupada por un posible embarazo.

Raquel, mostrando una dedicación que Cristina no había visto desde su infancia, buscaba pretextos para conversar. Como madre y mujer, consideraba que el mejor desahogo era sacar desde el fondo todo lo que la atormentaba y para ello nada mejor que una charla sincera con un ser querido. Pero la niña sentía que no estaba para prédicas compasivas. Acostumbrada a un amor distante, esta repentina cercanía materna la abrumaba. Asumía su error al visitar la casa de su amigo con vestimenta provocadora y entrar a sabiendas de que él se encontraba solo. Frente a esos hechos, nada de lo que dijera su madre la liberaría de su enorme responsabilidad. La prefería distante.

El día miércoles todo volvió a una relativa normalidad y Cristina regresó al colegio sólo para que le ratificaran que, reprobada la prueba de álgebras y sin promedio suficiente para rendir la de ciencias, no podía pasar de curso. El próximo año debería repetir primero. Era innecesario y hasta contraproducente –le dijeron–, que continuara asistiendo al colegio. Así las cosas, se convertía en la primera del curso en salir con vacaciones.

Para notificarla de su situación, fue citada por la Inspectora General a su oficina, informándole que la matrícula para el año siguiente quedaba condicionada a su comportamiento y rendimiento. Cualquier problema que causara o ante la menor desaplicación, debería abandonar el colegio. Que no la expulsaran de inmediato se debía sólo a su irreprochable conducta en los años precedentes y por su aporte al prestigio deportivo del establecimiento. Concluyó diciéndole que profesores e inspectores, que la conocían desde hacía tantos años, estaban extrañados y muy preocupados por sus cambios conductuales, siendo tan distinta a cuando era la gran promesa del voleibol y una alumna más que regular en su rendimiento académico. Todos esperaban que durante el año venidero, la generosidad del colegio fuera recompensada con una clara recuperación de las aptitudes que había exhibido antes.

—Sí, señorita Echeverría. Haré todo lo posible para superarme— se comprometió Cristina, aunque en su fuero íntimo pensara que hasta podría estar condenada por asesina, viviendo todas las penurias de una cárcel para adolescentes.

—Eso esperamos, Cristina. No olvides que aquí todos te queremos mucho.

Antes de regresar a casa caminando, se despidió de sus compañeros. El año siguiente compartirían el mismo colegio, pero en distintas salas. Ya nada sería igual para ella. La mayoría mostró tristeza por separarse de esta amiga con quién habían compartido tantos momentos gratos. Aunque con la franqueza que caracteriza a los jóvenes, también le enrostraron que ella era la única responsable de su fracaso.

Cristina aceptó los reproches con humildad. Las expresiones de pesar con que la despidieron aumentaron su pena, aunque contuvo las lágrimas. Tenía otros motivos por los que llorar. Regresó a casa cabizbaja, porque romper con el pasado, alejarse de sus amigos de tantos años por estupideces, descuidos y negligencias, le provocaba un remordimiento que aumentaba cuando, en la soledad de su dormitorio, evocaba una y otra vez el dramático episodio de la tarde del domingo.

IV

Sin imaginar la tragedia ocurrida en su ausencia, los padres de Felipe regresaron tarde ese domingo. La alegría de su hija menor, unida a la grata convivencia con los otros apoderados, prolongó la actividad. La tarde estaba en penumbras cuando se subieron al auto para el retorno.

Inés y Esteban Gacitúa arribaron al hogar sin hambre y fatigados. Les llamó la atención encontrar la puerta de calle entreabierta y la alarma desconectada, pero conociendo a Felipe y luego de revisar las habitaciones de uso habitual —la puerta del escritorio estaba cerrada, como le gustaba al dueño de casa— presumieron un nuevo descuido de su distraído hijo. Pero a un buen alumno y mejor hijo, esos olvidos ocasionales se le perdonaban. Se acostaron suponiendo que el niño dormía plácido en su habitación.

Cuando el despertador les anunció el inicio de una nueva semana, se extrañaron por no escuchar la puntual actividad en el dormitorio de su hijo. Tras la puerta, reinaban el eterno desorden y el silencio. Felipe se había esfumado.

Mientras ellos buscaban inquietos en el área de los dormitorios, pensando que les jugaba una de sus típicas bromas de mal gusto, el grito angustioso de Corina, la sirvienta, anunció la tragedia. Inés y Esteban corrieron hasta el escritorio. Ahí estaba Felipe boca abajo, desnudo, solo con sus bermudas enrollados en los tobillos y una aureola de sangre a medio coagular. Pensaron que estaba muerto. La madre, que comenzaba a llorar, ahogó el grito cuando escuchó un leve quejido del muchacho, anunciándoles, con débiles señales, que vivía. Con la ayuda de Corina lo giraron con cuidado, hasta dejarlo de espaldas. Su madre lo acariciaba, mientras lo cubría con una frazada que trajo la sirvienta. Veinte minutos después, el estridente ulular de la sirena anunciaba que una ambulancia llegaba a casa de los Gacitúa.

El médico dictaminó de inmediato:

—Este niño está muy grave. Fue golpeado en varias oportunidades en la cabeza y su condición es muy delicada. Se observan golpes muy peligrosos en el parietal izquierdo y en la base del cráneo. Debemos trasladarlo de inmediato a la Clínica Británica para hacer una evaluación y un diagnóstico más certero. Ahí disponen de todos los recursos clínicos y de especialistas. ¿Quién viaja con él en la ambulancia?

Al doctor le pareció inoportuno referirse al semen seco que rodeaba la zona genital del muchacho, evidencia de que había mantenido relaciones sexuales. Vio a los padres demasiado acongojados para aumentarles la pena con algún comentario que podía dar pie a especulaciones respecto a las inclinaciones sexuales de Felipe.

Inés corrió a terminar de vestirse para acompañar a su hijo, mientras Esteban con la pequeña Isabel partían detrás de la ambulancia en automóvil, al que llegaron después de abrirse camino entre los curiosos que se habían agolpados en la puerta de la casa. Raquel, la madre de Cristina, anónima entre los demás, esperó a que todo se calmara para intercambiar algunas palabras con Corina, la sirvienta:

—¡Buenos días Corina! ¿Qué pasó?

—¡Ay, señora Raquel! ¡La desgracia cayó en esta casa! –la mujer hablaba a borbotones mientras lloraba.

—¡Cuéntame, mujer! ¡¿Qué pasó?!

—Parece que ayer se metieron a robar, creyendo que estaba la casa sola, pero estaba Felipito y lo golpearon con algo en la cabeza. ¡Está muy mal mi niño! —concluyó la nana entre sollozos.

Raquel no pudo evitar un estremecimiento. Regresó a casa afligida. Ahora conocía las consecuencias del acto de Cristina y habría que prepararse para lo peor.

Corina quedó sola con su pena y se paseaba impaciente, sintiéndose inútil por no poder hacer nada para ayudar a su niño. Ella se consideraba más idónea que la patrona para acompañarlo a la clínica en la ambulancia. Se sentía como la verdadera madre de Felipe.

—*Lo único que no pude hacer* —se decía— *fue amamantarlo, pero todo lo demás es obra mía.*

Nerviosa, decidió que la mejor forma de evadirse de la pena era dedicándose con ahínco a lo que mejor sabía hacer: las actividades domésticas. Corina, por más de quince años sirviendo a los Gacitúa y conociendo bien de las exigencias de la señora Inés, le pareció oportuno efectuar un aseo a fondo en el escritorio de don Esteban. Aspiró pisos, limpió vidrios, sacudió libros y cuadros, renovó la cubierta del escritorio con lustra muebles y con un detergente en polvo sacudió la alfombra persa para borrar las huellas de sangre de Felipito. Solo verlas le provocaba una enorme tristeza. A media mañana en la pieza sólo faltaba el habitual olor a encierro.

El muchacho ingresó de inmediato al servicio de urgencia de la clínica y luego de varias horas de espera, de esas en que parece que el tiempo no viaja, apareció el médico para explicar a la familia que estaban controlados sus signos vitales. La vida de Felipe, por el momento, no corría peligro en lo que podría definirse como estable dentro de su gravedad. Con cautela el doctor les explicó que mostraba serias dificultades para responder a algunos estímulos externos Hasta ese momento, todo parecía señalar que carecía de reflejos y de control sobre sus extremidades, aunque aún resultaba prematuro evaluar las posibles secuelas de los golpes. La zona se presentaba todavía muy edematosa, pero se percibían daños severos en la base del cráneo y un traumatismo encéfalo craneano abierto en el lóbulo parietal izquierdo.

El médico prefirió convocar a Inés y Esteban a una oficina aparte para comunicarles que el muchacho tenía huellas de semen en su zona genital, lo que hacía suponer que intentaba mantener o había mantenido relaciones sexuales en el momento de ser agredido. La zona anal no mostraba signos de violencia, lo que permitía deducir que se trataba de una relación heterosexual. Rasguños en la cara, en hombros, espalda y brazos, además de un pequeño hematoma en el ojo izquierdo, daban cuenta de forcejeos e intercambio de golpes con otra u otras personas.

—Yo no soy ni detective ni forense —señaló el doctor –pero si quieren mi opinión sincera, el muchacho intentaba forzar a alguien cuando ocurrieron los…

—¡No puede ser! –la réplica de Inés no lo dejó terminar.

—Mi amor, espera a que el doctor…

—¡No! Tú siempre le das la razón a los otros y no defiendes a tus hi…

—¡Señora, por favor señora! ¡Yo estoy dando una opinión profesional! No estoy sometiendo a juicio a nadie, pero si usted lo prefiere, callo lo que he visto y me limito a establecerlo en mi informe…

—¡Es que usted, doctor, está poniendo en tela de juicio la honorabilidad de mi hijo! –replicó Inés, furiosa.

—¡No, señora! No me corresponde poner nada ni a nadie en tela de juicio. Me limito a exponer lo que mi experiencia profesional ve. Además de los golpes en la cabeza, el joven está rasguñado, tiene un hematoma en su ojo izquierdo y restos de semen en su zona genital. ¡Esos son hechos concretos, señora! ¿Cómo ocurrieron? No lo puedo responder porque yo no estaba ahí ni soy experto en reconstituir escenas. En todo caso, le sugiero que dejemos en manos de especialistas la aclaración. Ya se ha informado el caso a la policía para que haga sus pericias.

El matrimonio abandonó discutiendo la oficina del médico. Él, muy molesto con la intervención de su mujer, salió de la Clínica Británica, tomó su automóvil y partió sin dar explicaciones. Inés regresó a la sala de espera de la UCI, que se convertiría en su residencia durante largo tiempo.

Durante la tarde de ese lunes llegaron los detectives a la residencia de los Gacitúa para los peritajes de rigor. Encontraron sólo a Corina, la sirvienta, que les permitió revisar toda la casa, aunque los seguía como una sombra a cada habitación. Les recalcaba que el ataque había ocurrido en el escritorio de don Esteban, pieza que –quizás por enfadarla– los policías dejaron para el final.

La inspeccionaron con dedicación, sus manos cubiertas con guantes de goma, sin encontrar rastros que les permitieran suponer siquiera que ahí se había producido un intento de homicidio. Mientras uno desparramaba con una brocha un polvo blanco por distintas partes y miraba a través de una lupa buscando huellas, el otro le hizo una seña con el dedo a Corina, que los observaba desde la puerta:

—Usted dice que aquí encontraron el cuerpo del herido, señorita.

—Sí, señor. Estaba botado de guata justo ahí donde está parado usted —afirmó con seguridad la mujer.

—¿Y cómo es que no hay ningún rastro de sangre o pelos o algo?

—Porque hice el aseo, pues. A la señora Inés no le gusta la mugre, así que limpié todo.

—¿Usted es tonta o cómplice del delito? –respondió el detective en tono airado, mientras Corina perdía el aplomo.

—¿Por…por qué me dice eso?

—¡Porque hay que ser muy estúpido para asear una pieza en la que están todas las evidencias de un crimen! ¿No ha visto nunca en la tele que no hay que tocar nada en el sitio del suceso? ¿Qué buscamos nosotros ahora, señorita?

—Es que veo poca tele –las manos de Corina se retorcían contra su delantal mientras los ojos se le anegaban de lágrimas.

—¿Con qué limpió, señorita? –los ojos penetrantes del inspector parecían atravesar a la mujer.

—Con la aspiradora, el escobillón y después con un paño— respondió en un susurro la sirvienta, que comenzaba a dimensionar su chambonada.

—¡Traiga la famosa aspiradora, por favor! Supongo que no habrá botado el contenido.

—No. No, señor –Corina salió disparada en busca del artefacto que los detectives volcaron, sin miramientos, sobre el piso brillante.

Pero poco ayudó la revisión de la aspiradora. Separaron algunos pelos, papeles pequeños, nada que resultara un aporte para la investigación.

—¿Qué otras cosas había aquí en esta pieza cuando usted decidió asearla, señorita?

—Libros y cuadernos de Felipito, ¡ah! Y la calculadora…

—¡¿Dónde los dejó?! –el tono autoritario no dejaba dudas respecto de la contrariedad que embargaba al policía.

—En su repisa, en el dormitorio, señor –respondió Corina casi murmurando.

Con lupas, polvos blancos y otros elementos que Corina no había visto nunca, revisaron libros, cuadernos, lápices, la calculadora, todo ya aseado por Corina, sin rastros de huellas que permitieran elaborar una teoría. Los detectives depositaron en una bolsa plástica los pocos elementos conseguidos, como eventual evidencia.

—¿Era habitual que Felipe estudiara en la oficina de su padre? –preguntó el detective que parecía el jefe.

—Casi nunca, señor.

—¿Tiene novia o polola este niño?

—Yo no le he conocido a ninguna, señor. A veces vienen otros niños, pero se juntan en la pieza de Felipito a estudiar o en el estar del fondo a escuchar música o ver películas. Casi todos son hombres. Ahora que comienza el verano, es más frecuente que se junten en la terraza y se bañen en la piscina.

—¿Este joven, no sería gay por casualidad, señorita?— preguntó el que parecía jefe, haciendo gestos, parodiando a un homosexual.

—¡¿Cómo?!

—Gay, maricón, homosexual, de esos a los que le gustan los hombres…

—¡No! ¡Cómo puede decir eso de mi niño! Algunas veces también vienen a estudiar mujeres, y casi todos los fines de semana sale a bailar con sus compañeras de curso.

—¿Alguna en especial, que usted recuerde, señorita?

—Ninguna. Ninguna que yo recuerde, señor. Antes se juntaba mucho con la hija de la señora Raquel, una amiga de la patrona, pero hace tiempo que ella no viene para acá.

—¿Quién cree que pudo venir ayer en la tarde? Tiene que haber sido alguien conocido para que Felipe le permitiera entrar, y muy querido como para mantener relaciones sexuales.

—¿Qué está diciendo!

—Le estoy diciendo que el informe preliminar del hospital explica que Felipe Gacitúa tenía restos de semen en sus piernas, como si hubiera intentando mantener relaciones sexuales con alguien, que pudo ser hombre o mujer. No lo sabemos.

—¡Pero mi niño no pudo haber estado haciendo eso, señor!

—¿Por qué no? ¿No era Felipe un joven normal, acaso, señorita?

—¡Sí, sí! Pero…

—Por si no lo sabe, los niños normales de catorce años ya mantienen relaciones sexuales con amigas o con putas y hasta con las sirvientas ¿Usted ha mantenido relaciones sexuales con él, señorita?

—¡Cómo se le ocurre decir eso, caballero! Sería como hacerlo con un hijo…

—Y a propósito, señorita. Usted ¿qué estaba haciendo ayer por la tarde?

Corina, ya nerviosa y además sorprendida por la pregunta, respondió titubeante:

—Salí de paseo con mi amiga Micaela, como todos los domingos, señor.

—¿Dónde vive esa tal Micaela?

Corina dio las señas y el otro policía partió en esa dirección para confirmar la coartada de la sirvienta. Volvió poco rato después de ratificar sus dichos, de anotar en una libreta el detalle de los sitios visitados durante la tarde dominical y los datos de Micaela. El detective le pidió a Corina que enumerara los lugares visitados y, pese a su nerviosismo, coincidió por completo con lo dicho por su amiga.

—Por el momento, queda libre de sospechas, señorita. Si recuerda algo importante, llámeme —lo dijo en el mismo tono autoritario que ya comenzaba a molestar a la sirvienta.

El interrogatorio, con un matiz bastante más amable, continuó con preguntas orientadas a la relación de Felipe con sus padres, su rendimiento escolar, sus aficiones. Las respuestas, entregadas por una Corina más relajada, fueron acertadas, según le afirmaron los policías.

Cuando el interrogatorio terminaba, el detective le pasó su tarjeta, diciéndole que lo llamara si recordaba algo importante y le preguntó:

—¿Por qué estaba tan nerviosa, señorita Corina?

—No estoy acostumbrada a interrogatorios policiales, pero quiero jurarles, por lo que más quieran, que yo por ningún motivo le haría daño a Felipito.

El detective pensó que Corina, una morena más bien fea, regordeta, de pelo negro, que rondaba los cuarenta, no parecía un plato apetecible para un jovencito de familia acomodada. *–Aunque, como decía mi tío, en la guerra, cualquier hoyo es trinchera* –meditó.

Quince años llevaba Corina trabajando para los Gacitúa. Había criado a Felipe y a Isabel, aunque su favorito, sin lugar a dudas, era el niño. Como mucama puertas adentro, vivía con ellos y mantenía una relación armónica con toda la familia, principalmente con la señora Inés, una mujer de carácter difícil. Corina trabajaba con esmero, intentando anticiparse a los deseos de su patrona. Con el tiempo, había aprendido casi a leerle el pensamiento.

Integrada, se sentía como un miembro más de la familia y era testigo directo del desgaste que tenía el matrimonio, escuchando desde la cocina sus discusiones.

La señora Inés exigía a su marido una presencia mayor en el hogar y en la formación de sus hijos. Olvidaba que ella tampoco ella era muy dedicada, delegando en Corina gran parte de la responsabilidad. Él se excusaba argumentando que su trabajo era vital para mantener el estándar de vida al que estaban acostumbrados. Corina se afligía con estos alegatos que sentía como propios cuando observaba a Felipe, angustiado, encerrarse en su habitación para no presenciarlos.

Temerosa de hablar más de la cuenta, nada de esto lo refirió a los detectives. También respondió que no cuando le preguntaron si extrañaba objetos o algo más que hubiesen robado los presuntos asaltantes. Mientras aseaba la oficina, no extrañó el busto de bronce que debía pulir cada cierto tiempo.

Cuando regresó Inés, los detectives aún permanecían en su hogar. Le explicaron que con los escasos rastros hallados resultaría casi imposible identificar a él o los agresores:

—Hubiésemos tenido más posibilidades de conseguir evidencias si la señorita Corina no hubiera aseado la habitación –explicó el inspector a Inés.

En cuanto se retiraron los investigadores, la dueña de casa estalló en furia, disparando contra Corina un abanico de insolencias:

—¡Estúpida, imbécil! ¿Eres deficiente mental, acaso? ¡Cómo se te ocurrió limpiar el escritorio, huevona! —mientras la sirvienta recibía cabizbaja la andanada de insultos, Inés remató: —¡Por estúpida, te vas inmediatamente de esta casa!

Cuando regresó Esteban, Corina ya había partido con sus pocas pertenencias. La patrona, fuera de sí, no dejó espacio para explicaciones. .

Esa noche fue terrible en casa de los Gacitúa. Las mutuas recriminaciones culpándose de todo, en nada contribuyeron a establecer un ambiente de armonía. Esteban, furioso y harto de discutir, abandonó el dormitorio y se dirigió a su oficina. Al encender la lámpara del escritorio, notó de inmediato la ausencia del busto de Beethoven, herencia de su abuelo. Encontró muy extraño que faltara esa pieza que sólo para él tenía un valor sentimental. ¿La habría guardado Inés o robado el asaltante de Felipe, que quizás la usó para golpearlo? Este último pensamiento lo conmocionó, pero no estaba Corina para preguntarle. Quizás Inés tuviera la respuesta. Regresó con aire conciliador al dormitorio para consultarle a su mujer, que no cesaba de lloriquear:

—Tengo cosas más importantes en las que pensar que en tu famoso busto –respondió ella con enfado a una pregunta que le pareció fuera de contexto.

—Es que se me ha ocurrido que puede ser el arma utilizada por el atacante para golpear a Felipe –argumentó Esteban.

La mujer, como si la hubiera impactado un rayo, saltó de la cama. Partieron juntos hasta el escritorio y buscaron por todos los rincones, sin resultados. Aún muy molesta con la sirvienta, el primer pensamiento de Inés fue que Corina lo habría hurtado o que quizás intentó seducir a Felipe y como él se había resistido, lo había golpeado con el busto de bronce, llevándolo consigo para borrar las huellas. Su marido le replicó, con un tono mesurado, que creía que Corina jamás le haría daño a

Felipe y menos la creía tan canalla como para dejarlo desangrarse toda la noche.

Inés cerró la conversación diciendo:

—Capaz que se lo hayan robado los detectives.

Esteban, que para su tranquilidad necesitaba una respuesta, pese a la hora, llamó al celular de Corina:

—¡Aló! Corina. Disculpe que la moleste a esta hora, pero por casualidad, ¿usted vio el busto de metal que estaba en mi escritorio?

La mujer tardó algunos instantes antes de responder.

—No, don Esteban, no le he visto. Ahora que lo menciona, no estaba ahí cuando hice el aseo, pero pendiente de la salud de mi niño y de responder a las preguntas de los policías, no me preocupé más. Perdone, pero ¿a qué viene su pregunta?

—Se me ocurre que fue lo que utilizaron para golpear a Felipe. Pienso que pudo ser el arma.

El silencio que por varios segundos asaltó al auricular, lo rompió la voz de Corina para declamar:

—¡Patrón... patroncito, por favor, déjeme volver con ustedes! Recién me fui y ya los echo tanto de menos, sobre todo a Felipito, mi niño –la mujer lloraba con tal desamparo que Esteban, pese a su máscara de rudo, temblaba de pena—. Jamás se me pasó por mi tonta cabeza que al hacer el aseo estaba borrando las huellas, don Esteban… Yo sólo quería darle el gusto a la señora Inés para que encontrara su casa limpia y ¡mire la embarrada que me mandé! Pero le juro que fue sin querer. Por favor, ¡déjeme regresar con ustedes!

Esteban se comprometió a conversar con su mujer para que cambiara de opinión. No recordaba errores graves de Corina como para tomar una medida tan drástica la primera vez que lo cometía.

De regreso al lado de Inés, el hombre, abrumado por lo que ocurría, abrió el frigobar de su oficina y sirvió dos whiskies. Le pasó uno a su mujer y bebieron en calma.

—Mi amor –dijo él con tono parsimonioso– creo que es el momento de aplazar nuestras diferencias y empujar el carro para el mismo lado. La salud de nuestro hijo lo merece.

—Esteban… Nos has dejado tan solos en el último tiempo –replicó ella con aflicción.

—Lo reconozco, mi amor, pero usted sabe que lo he hecho buscando el bienestar de todos nosotros.

—¡Lo sé, lo sé, Esteban, por Dios! ¡Ahora dejaría tantas cosas innecesarias con tal de tenerte más a nuestro lado! Llevamos casi veinte años casados y para ti la vida es puro trabajo.

—Hemos conversado tantas veces sobre lo mismo, corazón. Yo estoy dispuesto a disminuir el ritmo, pero siempre que me exijas menos para la casa.

—¿Y no puedes delegar?

—*No está dispuesta a perder nada* –pensó Esteban antes de responder—. Yo creo que sí. Aunque no será de un día para otro, me comprometo a buscar la manera. Viajar menos al extranjero, trabajar desde aquí...no sé. En cuanto salgamos de esta pesadilla me preocuparé de buscar las formas de lograrlo. Pero creo que en estos momentos, tenemos que estar más unidos que nunca para enfrentar esta tragedia.

Diciendo esto, Esteban se puso de pie, se acercó a su mujer por la espalda y la besó en el cuello. Ella le respondió girando la cabeza y después de mucho tiempo, se dieron un reconciliador beso. Abrazados fueron hasta el dormitorio y cerraron la puerta.

Temprano, en la mañana, Esteban llamó por teléfono a Corina y le pidió que regresara.

—Conversé con la señora el tema del escritorio y por el momento quedará olvidado. Es de esperar que no vuelva a ocurrir.

—Pierda cuidado, patrón. No botaré ni un papel si la patrona no lo ha visto antes. —prometió Corina.

—No es para tanto, tampoco. Basta con que siga haciendo bien su pega.

Tres horas después la sirvienta golpeaba la puerta y lo primero que hizo, luego de saludar a sus patrones con aire agradecido, fue preguntar por la salud de Felipito.

Inés pasó el día en la Clínica Británica, esperando noticias de su hijo. A cada médico que salía de la UCI le preguntaba por la salud de Felipe, olvidando que no era el único paciente. Cuando no escuchaba una respuesta tranquilizadora, se descorazonaba. Suponía que tal vez estaría muerto y que le ocultaban la noticia. A media mañana comenzaron a llegar amigos de la familia y compañeros de curso inquiriendo por el herido, aumentando su angustia de madre porque no tenía mucho para informar. En esos momentos de máxima desesperación, su mayor anhelo era poder comunicar al mundo que su hijo estaba mejor y que pronto regresarían a casa. Mientras las horas caminaban lentas, varios cafés y cigarrillos circularon por sus manos, esperando esas novedades que se resistían a llegar.

Hacia mediodía, el doctor tratante salió para informar a Inés que el muchacho permanecía igual. Sus signos vitales estaban bien, fuera de peligro, pero los neurológicos continuaban sin responder. El médico que lo había examinado prefirió reservarse su pronóstico, a la espera de los resultados de los análisis. Todos los profesionales coincidían opinando que cuando se redujese la inflamación se podría dar un diagnóstico más preciso. Y eso tomaría un par de días.

Ya era media tarde cuando Esteban ingresó a la clínica y se quedó junto a su mujer hasta que concluyó el horario de visitas. Varios amigos les visitaron, expresando su pesar y rabia por lo ocurrido. Mientras a Esteban le alegraba sentirse tan acompañado en ese trance difícil, a Inés le irritaban esas preguntas para las que carecía de respuestas. También le molestaban las actitudes lastimosas de las mujeres. Lo que ella requería con urgencia era que le dijeran que su hijo estaba mejor, no expresiones compasivas.

Inés y Esteban regresaron juntos al hogar. La pena los embargaba tanto que, al parecer, habían comprendido que en medio de la tragedia les convenía permanecer unidos. Aunque Inés ahora era una mujer distraída, ajena, distante, como si su mente se hubiese quedado en la clínica cuidando de su hijo, actitud que se iría acrecentando con el paso de los días.

V

Corina regresó a casa de los Gacitúa decidida a colaborar en la aclaración de los hechos y de esa forma, aunque fuera en parte, reparar el error cometido. El primer día, concluidos sus quehaceres, comenzó su propia investigación apelando a la ayuda de sus colegas del vecindario. Primero visitó a Micaela para contarle su iniciativa y comentar lo ocurrido desde que descubriera el cuerpo de Felipe. Su amiga le sugirió que comenzara las pesquisas por las casas más cercanas, preguntando a otras sirvientas si vieron entrar o salir a alguien desde el hogar de sus patrones la tarde del domingo. Las mucamas del vecindario, antes de entregar ningún dato, mostraban su perplejidad por lo ocurrido y cada una refería una historia que entrañaba una tragedia similar o peor. Corina las escuchaba con paciencia, esperando que entre tantas palabras apareciera alguna información que resultara provechosa. Pero la jornada fue estéril.

A media mañana del día siguiente, cuando Corina estaba absorta en los quehaceres domésticos, golpeó la puerta Rosa, una joven llegada poco tiempo antes desde Angol para trabajar en una casa casi frente a los Meneses. Le explicó que por Micaela conoció el drama y su interés por ayudar a aclarar los hechos:

—Lo que te puedo contar es que ese día domingo, cuando ya comenzaba a anochecer y mientras regaba el jardín interior, vi a un caballero del barrio buscando algo entre los arbustos de las otras viviendas. Revisó todas las plantas, hasta encontrar una cosa debajo de un rosal. La tomó, la examinó y luego de mirar hacia todos los lados, caminó doblando en la esquina como viniendo hacia acá. Entonces lo perdí de vista por unos minutos, así que no supe lo que hizo, pero al poco rato pasó de regreso, dirigiéndose hacia su casa.

—¿Y tú conocías de antes a ese caballero, Rosita?

—¡Claro, pues Corina! Si vive casi al frente de donde trabajo. Creo que él no se dio cuenta de mi presencia. Como ya era casi de noche no pude ver bien lo que recogió del suelo, pero era algo cuadrado como una caja, porque lo tomó con una mano. Pero no tan chico como una joya o dinero. Desde lejos, parecía algo pesado.

Caminaron hasta la esquina para que Rosa le mostrara a Corina el jardín dónde el señor recogió el objeto. Luego Rosa le dijo:

—El caballero vive ahí —y apuntó con el dedo la casa de los Meneses, lo que le provocó cierta extrañeza a Corina:

—Rosa, ¿estai segura que es el caballero de esa casa?

—¡Claro, pues Corina! Estoy segura cien por cien porque lo he visto muchas veces entrar ahí. Es un caballero alto, delgado, un poco canoso, que anda siempre bien arreglado, aunque esa tarde iba con pantalones de baño. Se le veían chistosas las patitas tan re flacas; parecía una garza de esas que hay por allá en el campo, pero era él.

—Veo que lo miraste muy bien— dijo Corina, con ironía.

A Corina le pareció bien que se tratara de la casa de los Meneses. Su patrona y la señora Raquel eran grandes amigas y ella conocía mucho a la Lupe, la niña que trabajaba ahí. Luego de agradecer a Rosa sus datos, cruzó para conversar con la Lupe. Con lo copuchenta que era, seguro que estaría informada y le contaría todo lo que sabía.

El carácter retraído de Corina, típica mujer de campo, contrastaba con el explosivo de Lupe. Por supuesto que sabía del asalto y por otros conductos conocía la campaña iniciada por su colega. Suponía que a ella no la había entrevistado porque, teniendo en cuenta las casi dos cuadras que separaban ambas casas, era poco lo que podía aportar. Por eso, al abrir la puerta y verla ahí se sorprendió. Pensó que Corina le pediría algo prestado para cocinar. Cuando le dijo que necesitaba conversar con ella por un asunto delicado, Lupe creyó que podría tratarse de algún tema sindical. Ya la habían visitado otras niñas del sector invitándola a reuniones para que firmara los registros del Sindicato de Empleadas de Casa Particular. Se había negado porque sabía de niñas que lo habían hecho y perdieron el empleo. Pero pronto descubrió que la conversación iría por otro camino:

—¿Qué hiciste el domingo, saliste? —disparó sin más vueltas, Corina.

—Sí —respondió lacónica Lupe, mirándola con un poco de desconfianza.

—¿A qué hora volviste?

—Como a las diez ¿Se puede saber a qué vienen tus preguntas? ¡No soy ná hija tuya para que me estís controlando las horas de llegada!

—¡No, mujer, cálmate! Seguramente sabís que el domingo asaltaron la casa de mis patrones y golpearon a Felipito en la cabeza. Está muy re mal en la clínica.

—Sí, lo sabía, y me dio mucha pena ¡Buen chiquillo, el Felipe! Aunque hace mucho tiempo que no lo veo por acá. Pero ¿qué tengo que ver yo en esto?

—Que desde ese día echamos de menos la cabeza de fierro de un cantante que para el patrón tiene mucho valor sentimental, y estoy preguntando entre los vecinos si alguien la ha visto.

—No. No la he visto ná yo. Pero sigo sin entender ¿qué tiene que ver eso con lo del asalto?

—Es que don Esteban cree que con eso le pegaron al niño, y que se lo llevaron para no dejar rastros.

—¡Ah! Ahora te entiendo. Pero lamento no poder ayudarte, porque te repito que no he visto ná parecido por estos lados. Además, como te dije, el Felipe hace ya mucho tiempo que no viene para acá.

Corina no se resignaba a partir sin alguna pista siguiendo lo que le dijera Rosa, por lo que insistió:

—¿Y no habís notado algo extraño en la casa en los últimos días?

—Extraño, extraño ¿Cómo qué sería?

—Como que tus patrones estén preocupados por algo. No sé…

—No. Aquí el único problema es la Cristinita que se porta re mal y por lo que he escuchado, le ha ido pésimo en el colegio. Además, varias veces ha llegado curada de las fiestas y los patrones se ponen furiosos con ella, y al final pago yo el pato con las rabietas de la jefa y…

—Sabís que ando buscando ayuda porque me mandé un tremendo condoro, y de paso me metí en un manso ni que problema. Antes de que llegaran los detectives, hice un aseo a concho en el escritorio de don Esteban, donde encontramos al Felipe. Sin querer, borré toditas las huellas que dejaron los asaltantes. Me siento tan culpable, que estoy tratando de ayudar a mis patrones a encontrar a los malos. Dicen que el pobre Felipito, que tú sabís que es mi regalón porque a ese niño lo crie yo, podría quedar como una planta.

Corina estalló en lágrimas, mientras Lupe intentaba consolarla con golpecitos en la espalda. Cuando se hubo tranquilizado, continuó entre sollozos:

—Yo, por las mías, salí a buscar pistas y una chiquilla nueva que trabaja en una de las casas del frente, que se llama Rosa y que conoce a la Micaela, dice que ese día ella estaba regando y que vio a tu patrón recoger algo del suelo, desde debajo de un rosal plantado en esa casa donde guardan el auto azul.

Ambas guardaron silencio por unos instantes. Corina gemía mientras Lupe, mirando de reojo hacia el cielo, parecía revisar sus recuerdos:

—¡Qué raro que mi patrón anduviera por ahí recogiendo alguna cosa! Si lo que te contaron es verdad, tiene que haber sido algo muy urgente para no mandarme a mí o al Evaristo, el jardinero. En todo caso, yo hago el aseo todos los días y no he visto ninguna cabeza de músico o algo que se le parezca, por acá. ¿De qué porte es, por si la veo?

—Es como así –y mostró sus manos abiertas, dejando un espacio de unos veinte centímetros–, y para el porte que tiene, ¡es bien pesada, fíjate!

—¿Y de qué color sería, oye?

—Es así como de oro, fíjate.

—Si veo algo, al tiro te aviso para allá.

—También si escuchai algo. En todo caso, disculpa que te haiga molestado. Cualquier cosa extraña, me avisai, porfa.

Lupe quedó meditando. Tenía claro que las cosas no andaban bien en la casa. Notó el ambiente más tenso que de costumbre en cuanto regresó el domingo por la noche. Por lo mismo, se había retirado de inmediato a su pieza, intentando pasar desapercibida. Al principio lo atribuyó al fracaso escolar y a las borracheras de Cristina pero, como no era tonta, pronto comprendió que algo más pasaba. Se imaginó que quizás la niña estaba embarazada y no querían que se supiera, porque ahora la señora Raquel y don Roberto cuchicheaban entre ellos, como intercambiando secretos, y eso no ocurría antes, cuando todo se conversaba en su presencia.

Tampoco era normal que la Cristinita llorara a cada rato y por cualquier cosa. Andaba con un estado de ánimo que la hacía parecer un espectro. Para ella no se trataba sólo de la repitencia de curso. Ahora que lo decía la Corina, quizás el problema no era el embarazo que ella suponía, sino que estaba metida en el lío del Felipe. Lupe sabía que eran bien amigos, aunque desde hacía un tiempo estaban distanciados, pero con seguridad tenía que haber pasado algo entre ellos. Todo era muy extraño desde el domingo y coincidía justo con el robo y con la paliza que le habían dado al vecino. ¿Quién se iba a imaginar a su jefe gateando por los jardines del vecindario? Pondría más oído a las futuras conversaciones. En todo caso, ella no había visto a ningún músico de fierro en la casa.

Durante esa noche, Corina se debatió en el dilema de informarle o no a la patrona sus averiguaciones. Sabía lo amiga que era con la señora Raquel y podía meterse en un lío por hablar sin fundamento. Pero si no se lo decía a alguien, quedaría con el remordimiento. Estaba convencida de la importancia de los datos recopilados como para no dárselos a conocer a los jefes. Resultaba extraño que don Roberto recorriera la calle buscando algo perdido en los jardines. Por último, tal como se lo había dicho la Lupe, la hubiera mandado a ella o al Evaristo, pero para que saliera él en persona buscando un objeto perdido, había dos posibilidades: o era de mucho valor o le interesaba mantener el secreto.

Por otra parte, la señora Inés ya le había demostrado lo poco que le costaba despedirla. Nunca se imaginó que la patrona iba a ser tan impulsiva para echarla a la calle, así, de inmediato; si apenas le dio tiempo para recoger sus cosas. Hasta llamó y pagó a un taxi para que se fuera rápido, diciéndole que por estúpida no quería verla nunca más. Furiosa, fuera de sí, le repetía que cómo podía ser tan imbécil, tan huevona. Eso fue lo más suave que le dijo. ¡Si no le permitió ni dar una explicación! Ese día había sido fatal. Primero lo de Felipe, después los policías, para terminar despedida por la señora Inés.

Ahora a Corina le interesaba conservar su trabajo. No sólo le pagaban bien sino que además estaría cerca de Felipito cuando regresara. Ella conocía al niño mejor que nadie y él la iba a necesitar más que nunca, porque ninguna persona le podía brindar los cuidados que ella le dispensaría. Además, estaba tan acostumbrada con la señora Inés, con don Esteban y hasta con la Isabelita, aunque a veces la niña era un poco mandona. No como Felipito, que siempre la trataba con gentileza. Viviendo tanto tiempo con los Gacitúa, les conocía todas las mañas. Era como de la familia.

Otra opción era llamar directo al policía que la había retado tanto por borrar las huellas. Pero de seguro iban a interrogar a sus amigas y capaz que alguna terminara diciendo leseras. Sobre todo la Micaela, que era tan re buena para irse de lengua y meterse en líos. Decidió que antes de transmitir los datos obtenidos, conversaría nuevamente con las mismas mucamas y con otras del sector. Iría hasta la otra cuadra. ¡Si ni siquiera se había acordado de interrogar a la Lupe, conociéndola tanto! Quizás alguna recordara otros detalles, hubiera visto u oído algo más y pudiera dar más datos. También les pediría permiso para contarle a los policías quién le había dado la información. No fuera a ser cosa que después se echaran para atrás y la dejaran como tonta frente a sus patrones y a los detectives, que con seguridad ya la tenían por tal.

Por el momento, para Corina el principal sospechoso era don Roberto, aunque no se imaginaba qué podría estar haciendo con Felipito en la casa de los Gacitúa un día domingo por la tarde. Todos sabían lo mujeriego que era ese caballero. Capaz que aburrido de ellas, ahora le hubiera dado por los jovencitos. Andaba tanto degenerado suelto por ahí.

VI

Después de ese domingo trágico, los días se me hicieron eternos. Estábamos a dos semanas de la navidad, que para mí pasaría sin pena ni gloria (que me lo merecía, lo tenía más que claro) y además cargando con el pesar por lo que ocurría con Felipe. Acompañada por otros amigos, concurría casi a diario a la clínica para saber de él, pero los informes médicos daban pocas esperanzas de recuperación. Todos los días repetían lo mismo: su organismo funcionaba bien, pero su cerebro no. Regresaba a casa atormentada y me encerraba en mi habitación a llorar.

Por la tragedia, las celebraciones de fin de año se suspendieron en el colegio, mientras todos tratábamos de obtener información sobre la evolución de nuestro amigo, intercambiando lo que averiguábamos por mail, o en las redes sociales. Me daban entre risa, pena y rabia las especulaciones y los inventos que muchos de mis compañeros subían a la red. Hablaban de un psicópata suelto por el barrio que habría sorprendido a Felipe bañándose desnudo en la piscina, hasta una que decía que, aprovechando que se encontraba solo, había solicitado por teléfono los servicios domiciliarios de una prostituta, que resultó ser un travesti con el que se había trenzado a golpes al descubrir su verdadero sexo.

En todo caso, lo que me ocurrió con mi amigo no era primera vez que me pasaba, aunque jamás llegó a estos extremos. En el año anterior habíamos viajado a Chillán para jugar la final del torneo escolar de voleibol contra el Instituto Santa Matilde de esa ciudad, campeonato que ganamos. Como la ceremonia de premiación concluyó tarde, el señor Romero, nuestro entrenador, y el señor De la Cerda, el preparador físico, decidieron que nos quedásemos a alojar para evitar el viaje de regreso durante la noche. Ellos hicieron todos los arreglos para que se avisara a nuestros padres, aunque cada una de nosotras los llamó por sus celulares, tanto para contarles del triunfo como para explicarles que no regresaríamos esa noche. Los entrenadores buscaron hospedaje en el Gran Hotel, frente a la Plaza de Armas.

Cenamos en la Fuente Alemana y nos dirigimos al hotel. Todas nos quedamos junto a los entrenadores en la recepción cantando y bebiendo gaseosas para celebrar el triunfo. Pasada la medianoche, nos fuimos a acostar. Yo compartí habitación con mi gran amiga, la Hellen Spencer.

Cuando todo era silencio, escuchamos unos golpes suaves en la puerta de nuestra habitación. A las dos se nos erizaron los pelos; guardamos silencio, como haciéndonos las dormidas. Pero los golpes se repitieron acompañados de una voz, la del señor De la Cerda, que en un susurro nos invitaba a abrir la puerta. Inocentes, permitimos el acceso de ambos profesores, quienes, sin perder el tiempo, nos dijeron que deseaban continuar la celebración con una fiesta íntima. Entre otras cosas, dijeron que los cuerpos que teníamos ya no eran de niñas sino que de mujeres y que nuestra edad –teníamos trece años– nos permitía de más compartir una velada como adultos, que prometían inolvidable. Mientras hablaban y sonreían como idiotas, se acercaban a nosotros moviéndose como si estuviesen bailando y alargando sus manos para que las tomáramos. Daba risa lo ridículos que se veían. Yo, más ingenua que mi amiga, los miraba percibiendo el rubor que me subía a la cara, pero ya estaba estirando mis brazos cuando Hellen, mucho más decidida, lanzó un agudo grito pidiendo socorro.

Los dos hombres, al ver que mi amiga no callaba e intuyendo que las luces de las otras habitaciones comenzaban a encenderse, huyeron intentando perderse tras la puerta de su habitación, pero en el pasillo se toparon con las primeras compañeras que acudían en nuestro auxilio y que los pudieron identificar sin espacio para dudas.

Pronto estaba a nuestro lado el recepcionista nocturno del hotel, exigiéndonos silencio en beneficio de los demás pasajeros. Le explicamos lo que pasaba y le pedimos que llamara a la policía, pero respondió que lo haría después de hablar con los acusados.

Por esa actitud, a Hellen le pareció que estaba coludido con los profesores y llamó de inmediato a sus padres para ponerlos al tanto. Le respondieron que nos encerráramos con llave, todas en una habitación, y que los esperáramos. Viajarían de inmediato, llegando al amanecer a Chillán para acompañarnos durante el regreso. Al final, todas las integrantes del equipo nos encerramos en nuestra pieza y esperamos, sin dormir, hasta cuando arribaron los Spencer, justo en el momento en que el sol se asomaba tras la cordillera. Durante la noche, varias veces los profesores golpearon la puerta proponiendo un diálogo, pero nos negamos.

El tío Alfred Spencer viajó de regreso en el autobús con nosotras. Antes de partir, ambos profes pidieron conversar con él para entregarle su versión de lo sucedido, pero el tío se negó. Les dijo que cualquier defensa deberían hacerla frente a la Dirección del Colegio o en los tribunales. Previo a abandonar la ciudad, pasamos por el cuartel policial donde dejamos una constancia por intento de seducción de menores por parte de los profesores a cargo de la delegación. El tío agregó además una observación por la negligencia del funcionario hotelero.

Después supimos que cuando los policías arribaron al hotel para tomar declaración a los acusados, habían desaparecido. Jamás regresaron al colegio que, por supuesto, puso fin a sus contratos.

La segunda vez, más reciente, me pasó con el señor Ubilla, el de Ciencias. Me citó a su oficina para conversar respecto a la preocupante caída en mi rendimiento. Yo estaba aburrida de darle a todos los profes excusas insostenibles y lo dejé hablar, hasta que comenzó a decirme que él tenía una fórmula casi mágica para arreglar mis notas. Que dependía sólo de mí y él, de una plumada podía resolverlo. Añadió, sin disimulo, que bajo mis ropas estaba la solución a todos los problemas en su asignatura. Yo, que algo más de cancha había adquirido, me hice la huevona y le pregunté si acaso se refería a debajo de mi cuero cabelludo, aludiendo a mi cerebro, pero él insistió:

—No. Me refiero a tu anatomía, con la que puedes conseguir los más grandes placeres y muchas cosas más, como tantas mujeres lo han hecho durante la historia de la humanidad. Los libros de ciencia enseñan la parte árida del cuerpo humano. Yo te puedo introducir en la parte práctica, que es lo mejor de él. Sólo tienes que hacer lo que te diga y a partir de ahí, te entregaré las preguntas de las pruebas con anticipación para que las puedas traer respondidas desde tu casa. Para que esto funcione, la única condición es el mutuo silencio. Ninguno de los dos deberá decir ni una palabra ¡a nadie!

Le respondí que no. Le dije que mi dignidad me impedía incluso seguir escuchando. Que hiciera lo que quisiera con mis notas, porque yo no tomaría nunca más un libro de su asignatura y buscaría cualquier pretexto para no asistir a su clase. Que saliendo de ahí iría a la Dirección del Colegio y que, por cochino, le pasaría lo mismo que a Romero y De la Cerda.

Se burló y me dijo que nadie le creería a una muchacha conocida por su afición al alcohol y las drogas. Que si yo lo denunciaba, él diría que había sido yo la que le había ido a ofrecer mis "servicios" a cambio de buenas notas. Que sus dichos incluso sembrarían la duda respecto a la veracidad de lo ocurrido en Chillán. Que lo que dijera me rebotaría como un búmeran, y que sería yo la expulsada del colegio.

Temiendo que tuviera razón, no lo comenté con nadie, ni siquiera con mi mamá, que hubiera partido al colegio a armar un escándalo de proporciones. En resumen, no hice nada, pero inventando justificaciones huevonas, regresé muy pocas veces a la sala de ese viejo degenerado que siempre me ponía presente en el libro de clases. Sin siquiera haber rendido las pruebas, me calificaba con un tres. Por respeto a mi dignidad, me resigné a perder el ramo que tanta falta me haría para pasar de curso.

¡Me tienen harta estas tetas de vaca lechera que tantos estragos causan entre los hombres! Le he dicho a mi mamá que quiero operármelas, pero dice que mientras no cumpla la mayoría de edad, no puedo hacerlo. No comprendo a esas minas que se agrandan los pechos para llamar la atención, cuando yo lo único que anhelo es pasar desapercibida.

Pero, volviendo al tema, cuatro o cinco días después del drama, Lupe, que durante todo ese tiempo me andaba preguntando qué me pasaba y ofreciéndose para ayudar en lo que fuera, entró en mi dormitorio con el pretexto de llevarme un vaso de jugo. Después de darse tantas vueltas que parecía estar buscando algo, sacó la pregunta obvia para establecer el diálogo:

—¿Qué le pasa, mijita? ¿Por qué está tan triste, mi tesoro?

—Porque repetí de curso –le respondí como una autómata, sin mucho convencimiento.

—Yo, que la conozco tanto, creo que usted tiene algo más, mi niña, como que se le han ido las ganas de vivir, fíjese. No sé si tiene algo que ver, pero por si acaso, le voy a contar lo que me pasó ayer.

Me armé de paciencia para escuchar una de esas latosas moralejas campesinas que acostumbran e relatar las nanas, pero mi cara fue cambiando a medida que ella hablaba, pese al autocontrol que me esforzaba por demostrar.

—Ayer vino la Corina, la nana de la señora Inés, a contarme que una niña nueva del frente, que se llama Rosa, el mismo domingo en que asaltaron la casa y golpearon al Felipe, había visto a don Roberto, su papá, recogiendo algo de entre los arbustos, aquí cerquita, en esa casa que tiene un auto azul nuevecito. Me dijo que podría ser la cabeza de fierro de un músico que se había perdido en la casa de ellos, ese día…

Dejé de escuchar lo que seguía. Sentí que el mundo comenzaba a girar al revés y luchaba por mantenerme digna frente a esta mujer que, sin saberlo, tenía la clave para inculparme por lo ocurrido. Me sentía en sus manos y no sabía cómo sobreponerme al miedo que me atenazaba. Sin saber de dónde, saqué fuerzas:

—No te entiendo bien. ¿Me dices que la Corina está acusando a mi papá de haber asaltado la casa de los tíos? –pregunté haciéndome la enojada y tratando de reorganizar mi cabeza.

—No, mi niña, nada que ver. Resulta que ese mismo día se les perdió ese músico de fierro y la Corina, en medio del nerviosismo, no se dio ni cuenta. Además que ella se condoreó: hizo el aseo a concho de la pieza en la que encontraron al Felipe, borró toditas las huellas y cuando llegaron los detectives no encontraron nada y la acusaron a la patrona. Parece que hasta la creyeron sospechosa porque, por lo que me contó la Micaela, la amiga de la Corina, le hicieron muchísimas preguntas y estuvieron a punto de llevársela detenida. Inclusive los policías fueron a preguntarle a la Micaela dónde habían ido ese domingo. Por la mansa ni que embarrada que se mandó, la señora Inés despidió al tiro a la Corina y don Esteban, por el asunto del músico de fierro, la mandó a llamar a la mañana siguiente. Parece que con ese famoso músico le pegaron al Felipe en la cabeza.

El relato de la Lupe me permitió conocer de golpe y porrazo todo lo que los Gacitúa intuían, que era verdad, por cierto. También que las huellas habían sido borradas, para buena suerte mía. ¡Bendita Corina! Ellos tenían bastante claro como habían ocurrido los hechos y sólo les faltaba el hechor; yo. Aterrada, llamé de inmediato a mi padre a su celular, diciéndole que tenía urgencia de hablar con él, pero fuera de la casa y de su oficina. ¡Tenía que ser súper urgente! Tiritando de miedo tomé el Metro hasta Providencia para reunirnos en un café. Nos sentamos en un rincón apartado donde le relaté, con pelos y señales, lo que me refiriera la Lupe. El semblante de mi pobre padre iba cambiando segundo a segundo. Le insistí que yo no le había dicho ni media palabra a la sirvienta y que todo provenía de la Corina y un poco de la Micaela, otra nana del sector. La reacción inicial de mi viejo fue que había que despedir a la Lupe, pero luego recapacitó y decidió que era mejor que continuara en nuestra casa para mantenerla en silencio, además que podía informar de lo que ocurría en el barrio. Me pasó dinero para que le comprara un bonito regalo de navidad.

—No las típicas chucherías baratas que siempre le compra tu mamá, me dijo en tono irónico. —Si está contenta, no hablará y además te contará todo lo que pasa en el barrio. Es increíble lo que la servidumbre puede averiguar. Por eso tenemos que conservarla como aliada, pero sin decirle nada. Toda la información que entreguemos o que se nos escape puede ir a dar a oídos inadecuados y resultar perjudicial para ti. En todo caso, y aprovechando las vacaciones, creo que te voy a sacar de aquí por un tiempo.

—¿De aquí del barrio, papá?

—No hija, del país.

En una boutique cercana al café, le compré a la Lupe unos jeans a la moda y una blusa coqueta. Con seguridad iba a quedar muy contenta con el regalo.

Era buenamoza la Lupe. Del gusto de todos los hombres que circulaban por el barrio. Incluso en el colegio se rumoreaba que Francisco, mi hermanastro, se la comía. Lo que era verdad, aunque yo no se lo contara nunca a nadie. Cuando tenía unos cinco o seis años, un día de invierno en el que mis padres decidieron no enviarme al colegio porque estaba un poco resfriada, los truenos me despertaron y, asustada, corrí buscando a mi nana. La encontré en la pieza de mi hermano, ambos desnudos sobre la cama, ella montándolo y él de espaldas, gimiendo como un gato nuevo. Al verles las caras, me dio un ataque de risa y corrí hasta mi dormitorio. Pronto apareció Francisco con una barra de chocolate, rogándome que no contara nada de lo que había visto. Me dijo que si decía algo, la mamá iba a echar de la casa a la Lupe, que era tan tierna y cariñosa, trayendo de regreso a la Rebeca, una nana que estuvo antes de que yo naciera.

Según la exagerada descripción de mi hermano, la tal Rebeca era horrible, más fea que hemorroide con sarna, dijo. La describió con un solo ojo, porque en el otro se había enterrado un palillo de esos para tejer. Agregó que al hablar disparaba un escupo verde, que se lo pasaba retando a los niños, echándoles su aliento pestilente y salpicándolos con esa saliva putrefacta. Luego de escuchar estas características y aunque no tenía idea qué eran las hemorroides, la sarna y varias tonteras más, decidí que lo más conveniente era no correr el riesgo de estar al cuidado de ese monstruo y callé. Muy pronto olvidé el episodio. Cuando crecí y comprendí lo que estaban haciendo, supe que lo del colegio no eran sólo rumores.

La Lupe salía de compras y no había hombre que no la piropeara. Tenía bonito cuerpo, el pelo castaño y los ojos color miel. Vestida para salir, mataba, según comentaban los compañeros de curso que vivían cerca de nuestra casa. Todos le tenían echado el ojo, aunque ella los duplicara en edad. Claro que ese era un tema que al montón de califas del vecindario poco les importaba. Igual que a Francisco y que a Felipe, lo único que les interesaba era meter su tripa en algún hoyo. Si hacían un concurso, el de la Lupe resultaba elegido por mayoría y yo creo que muy cerca, el mío. Ahora, con su tenida nueva, seguro que la Lupercia iba a arrasar.

Esa noche salí a cenar con mis viejos y en el restorán, entre mi padre y yo, le contamos a mamá las novedades. La pobre, al igual que él en su momento, palideció con las noticias y desesperada por no poder gritar, nos decía—con esos susurros que parecen gritos—que temía que mi papá se fuera preso y yo a una correccional. ¡Si hasta ella podría ir a parar a la cárcel, por encubridora! Cuando se tranquilizó, por lo menos a medias, mi papá expuso su plan.

Nos dijo que creía que lo mejor era que nos fuéramos de vacaciones al extranjero. Decidieron arrendar un departamento en Florianópolis, Brasil, en una playa llamada Canasvieiras, o algo así, que ellos ya conocían. Acordaron invitar a la tía Maritza, hermana de mi madre y residente en Talca, que se había separado poco tiempo antes, y a su hija Florencia, dos años mayor que yo. Incluso mi padre era de la idea de llevar a la Lupe, argumentando que mientras estuviera allá no tendría posibilidades de meter las patas si alguien la interrogaba, pero mi madre, siempre con sus prejuicios, creyó que era mejor pensarlo un poco más.

Yo había extraviado mi carnet de identidad, por lo que de inmediato me puse en campaña para conseguir otro. Cuando fui al Registro Civil tenía mucho miedo a que me estuvieran esperando los detectives, buscada por la agresión a Felipe Gacitúa. En realidad todo lo que hacía, por uno u otro motivo, me recordaba el terrible episodio. Vivía atemorizada. Cualquier persona que caminara cerca mío me parecía un policía atento a que yo cometiera un error o dijera algo que me delatara. Desde lejos, todo bulto extraño se parecía a mi amigo sentado en una silla de ruedas. Soñaba despierta que, para despistar a su familia, yo le daba de comer y de beber en la boca, y hasta le cambiaba los pañales, dejando expuesta la masculinidad que había tenido la ocasión de ver esa tarde trágica.

La Noche Buena fue particularmente triste para mí. No abrí ningún regalo y el fantasma de Felipe estuvo rondando durante toda la cena. La única contenta fue la Lupe, que quedó fascinada con la pinta que le compré. Poco después de la medianoche, luego de los brindis de mis padres y de mi hermano, dejaron de titilar las luces del árbol y nos retiramos a dormir, salvo Francisco, que salió de casa dando un portazo. Por instrucciones de mi padre no se le había contado nada de lo ocurrido y él alegaba que no tenía ninguna culpa de que yo hubiese quedado repitiendo y que por mi estupidez y mis borracheras les arruinara la fiesta a todos. Se olvidaba que a él, en su momento, lo tuvieron que sacar del colegio con abogados. Sin ayuda pintaba para alumno eterno, como le estaba ocurriendo ahora en la universidad.

En la mañana de Navidad, una gran cantidad de llamadas perdidas saturaban mi celular. También el correo electrónico estaba repleto. Casi todos mis compañeros me saludaban con cariño. Lloré una vez más por mi estupidez. A cada instante me quedaba más que claro que mi vida sería otra si no hubiese sido tan floja. Aplicada, ordenada, nerd, como mis padres anhelaban, no tendría que haber visitado a Felipe, no me castigarían por mi afición al trasnoche y a la bebida, nadie hubiera intentado violarme dos veces en el mismo día. Tampoco mis padres estarían pasando las zozobras a la que yo los había conducido. En fin, todo hubiera sido diferente, pero ya no sacaba nada con llorar sobre la leche derramada. Las únicas lágrimas que seguían justificadas eran las que vertía por Felipe, cuyo destino era aún más incierto que el mío. Y por la tía Inés y el tío Esteban, que con seguridad habían pasado una noche de mierda.

Durante el almuerzo de Navidad, mi padre nos confirmó que su secretaria tenía todo listo para partir el día 3 de enero a Brasil. Esa noticia, que en otras circunstancias hubiese encontrado espléndida, no me provocó ninguna alegría. Mi predisposición no estaba enfocada hacia la diversión, aunque después, en medio del vértigo del verano, cambiaría de opinión.

De acuerdo a los arreglos hechos por mis padres, la tía Maritza y Florencia, su hija, pasarían la noche de Año Nuevo con nosotros. Además, después de mucho darle vueltas, mamá había accedido a que Lupe nos acompañara.

Mi papá arrendó el departamento en Florianópolis por enero y febrero y a mi madre la esperaba un auto, también arrendado. Francisco permanecería unos días en Canasvieiras junto a nosotros y mi padre estaría yendo y viniendo, según se lo permitieran sus negocios.

Siempre vacacionamos en Algarrobo, donde tenemos una casa y un velero y sin duda extrañaría al grupo de amigos formado por años en esa playa. Pero estar lejos del epicentro del volcán, como lo llamaba mi padre, nos haría bien. Yo asumía que esto era el precio que tenía que pagar por mis chambonadas, aunque en ese momento no me imaginaba que el veraneo resultaría fantástico.

Antes de partir, visité casi todos los días la Clínica Británica y si bien no pude ver a Felipe, supe que seguía igual. Su salud física, impecable; pero la neurológica, un desastre. Cada vez que escuchaba eso sentía náuseas por estar huyendo del problema en lugar de enfrentarlo, pero me engañaba a mí misma pensando que sólo acataba las órdenes de mis padres.

¡Hubiera dado mi vida porque a Felipe, el primero del curso, el más inteligente, no le hubiese ocurrido aquello!

Por ocultar a mi tía Maritza y a mi prima el desastre que estábamos viviendo, la noche de Año Nuevo fue un poco más movida. No cenamos, como todos los años, en el club del que era socio mi padre, porque también lo era el tío Esteban y aunque dábamos por descontado que los Gacitúa no asistirían, resultaría medio sombrío escuchar de otras bocas especulaciones respecto de la tragedia. Temíamos que, estando en el grupo, y mis viejos con algunas copas en el cuerpo, sin querer hablásemos más de la cuenta. Esperamos la medianoche en casa, viendo los fuegos de artificio por televisión y luego bailamos un poco. Mi padre prefería que las parientes del sur no supieran nada del problema. En algo ayudaba el estado de ánimo de mi tía, recién separada. Por seguridad, debíamos evitar que las informaciones escaparan a nuestro entorno íntimo, aunque sabíamos que sería difícil.

Francisco continuaba viviendo en un mundo aparte, ajeno a todo lo que ocurría entre nuestras paredes.

Al observar cómo gozaba la vida, parecía que, proveniente de otro planeta, acababa de aterrizar en la casa equivocada. Me provocaba una sana envidia.

Canasvieiras, y todo Florianópolis resultaron ser un paraíso: hermosas playas, buen clima, algo lluvioso, pero con agradables temperaturas; un ambiente sensacional. Con Florencia, mi prima, hicimos una excelente pareja. Tenía diecisiete, era alta y morena como yo, pero con unos ojos color calipso que mataban. Hasta a mi hermano Francisco le escuché decir que la tendría de reserva, si no encontraba pronto la mulata con la que soñaba.

En algo nos debemos haber parecido, porque muchos suponían que éramos hermanas. Ella resultó un muy buen imán para atraer muchachos, sobre todo argentinos, con los que íbamos a la playa, salíamos a navegar y a recorrer la isla. Claro que cuando recordaba a Felipe, que quizás nunca más iba a disfrutar de una tarde de mar, caía en estados depresivos que me llevaban a las lágrimas con facilidad.

Desde un cíber café cercano, me mantenía comunicada con mis amigos y si bien ninguno agregaba nada sobre el enfermo, aparte de lo que ya se sabía antes de mi partida, continuaban las especulaciones en torno a los avances de la policía y a la identidad de los asaltantes. Ficciones, por supuesto. Inicialmente yo pensé usar internet para lanzar pistas falsas y así alejar las posibilidades de ser relacionada con el hecho, pero me arrepentí. Temí que por publicar algo inadecuado, me pisara la cola y saliera el tiro por la culata.

Mi madre, al parecer, evitó durante todo el verano conversar el tema con mi tía o ésta simuló muy bien no saber nada. Yo, haciendo esfuerzos, no comenté nada con mi prima, con quién compartía la habitación, y que muchas veces me vio llorar. Con ternura, me preguntaba qué me pasaba y yo le decía que era de arrepentimiento por haberme farreado el año. Escudaba mi pena explicándole que lamentaba tanto tener que volver al colegio y compartir con los pendejos del curso inferior. Aunque muchas veces me picaba la lengua por relatarle todo el drama que estaba viviendo. Pero nunca le confesé la verdadera causa de mi pena. Sí le conté lo ocurrido a Felipe, obviando, por supuesto, mi participación en los hechos.

Para la Lupe fueron unas vacaciones inolvidables. Pronto pinchó con Jair, un mulato pescador de la caleta de la Barra de Lagoa, quién la sacaba a pasear en su bote cuando estaba libre, lo que ocurría con bastante frecuencia. El departamento era pequeño y nuestra eficiente sirvienta se encargaba de mantenerlo limpio temprano y la comida lista, sin exigirse demasiado. Después de almuerzo, a la hora del reposo, era habitual sentirla salir cuando la bocina anunciaba la llegada de su novio brasilero.

Al comienzo, mi mamá le hizo un montón de advertencias sobre los romances de verano, pero le duró hasta el día en que apareció Jair con un canasto lleno de pescados y mariscos de regalo. Se metió en la cocina como si fuera la de su casa, y en compañía de Lupe los prepararon de tal manera, que resultó un pequeño banquete. Resultaba curioso escuchar a la Lupe hablando en portuñol, cuando poco tiempo antes apenas se le entendía el castellano. Ese día llegó mi padre desde Chile y mi madre temió que armara un escándalo al ver al negro metido en la cocina. Pero no hubo tal. Lo tomó con humor y cuando Lupe salió a despedir a su pretendiente, mi papá profetizó:

—Olvídense de la Lupe. Se va a quedar aquí.

—¿Y tú, cómo lo sabes? –preguntó mi mamá.

—Porque es evidente que está enamorada hasta las patas. ¿No le has visto la cara, acaso?

Los dos meses en Florianópolis pasaron volando. Casi todos los días nos bañábamos en una playa distinta, todas de nombres exóticos: Jureré, Cachoeira, Santinho y tantas otras. Con los paseos en lancha, las tardes de surf, las motos acuáticas, el buceo y todas las diversiones, pronto tenía olvidado Algarrobo y a mis amigos. Sólo la imagen de Felipe, botado en el suelo, que reaparecía de repente, mataba el ensueño trasladándome a un estado de melancolía. Muchas veces me preguntaba si no hubiera sido mejor entregarme a mi amigo. En ese minuto de frenesí, en el que los dos estábamos locos, aunque él más que yo, nada me hubiese costado darle la pasada, para consumar un polvo de miedo.

Quizás ahora estaría embarazada, pero eso sería menos trágico que lo ocurrido. Como contrapartida me preguntaba ¿qué pensarían mis padres si ese hubiese sido el desenlace y, en lugar de Florianópolis, estuviéramos en Santiago, muertos de calor, viendo crecer mi barriga? En tal caso, ¿se nos ocurriría pensar, en algún momento, que la alternativa era que pasara lo que finalmente ocurrió?

Mi prima Florencia resultó un hallazgo en simpatía y fue la autora de los enganches para que en las noches saliéramos a carretear. Al comienzo, mi madre se mostraba reacia a autorizarme, pero terminó cediendo con la condición de que no bebiera y regresásemos a una hora prudente.

—Si llegas con olor a trago un solo día, se terminaron los permisos –me advirtió con una severidad que yo no le conocía.

Recorrimos todas las discos, bares y pubs que se pusieron en nuestro camino. Durante estas salidas sólo bebí cerveza con moderación, esencial para el calor, y una caipirinha, que no me gustó. Creo que le cumplí a mi mamá, aunque más le cumplí a mi propia conciencia. En todo caso, nunca perdí de vista que estas vacaciones eran demasiado premio para mí, y si tenía la oportunidad de disfrutarlas, bien valía responder con un buen comportamiento.

Mi tía, recién separada, con poco más de cuarenta años a cuestas y muy atractiva, no estaba dispuesta a perder la oportunidad de divertirse, arrastrando a mi madre, un poco mayor, en su afán. Mientras esperábamos a los compañeros de turno para salir, las hermanas tomaban el auto al atardecer, muy acicaladas, para regresar quizás a qué horas, siempre antes que nosotras. La primera vez pregunté, indiscreta, adónde iban, pero el *"por ahí, por ahí"* que recibí como respuesta me hizo comprender que no tenía que meterme. Consideré que tampoco me correspondía comentarle a mi padre las salidas de mamá.

Ese verano comprendí que las vacaciones eran el intento de todos para echar los problemas en la mochila del pasado e iniciar las actividades del año como nuevos. Aunque yo ya asumía que en mi mochila iba a estar siempre presente la tarde de ese domingo de diciembre, en que mi vida cambió.

Diez días antes de nuestro regreso, cumpliendo el vaticinio de mi papá, la Lupe renunció a su trabajo y le dijo a mi madre que se quedaba a vivir en Brasil.

Permanecería con nosotros hasta el último día para ayudarnos a armar maletas y dejar el departamento aseado. Agregó que no encontraba palabras para agradecer todo lo que habíamos hecho por ella. Ese día, las tres lloramos abrazadas. Frente a las advertencias cariñosas de mi madre, respondió que no nos preocupáramos. Ella, con sus treinta y cinco años, ya era una mujer hecha y derecha y si Jair no le respondía como esperaba, la fila de pretendientes era larga. Conociendo el furor que causaba en Chile, no me extrañó que entre los brasileros ocurriera lo mismo.

El último día, mientras el mulato cargaba las maletas en su camioneta, la Lupe se acercó, me pasó un papel con su teléfono y su correo electrónico y luego de abrazarme y mirarme a los ojos, como si fuera mi hermana mayor, me dijo al oído:

—Aquí en Brasil, mi casa será tu casa y aunque algún día regrese a Chile, cosa que dudo, ten la certeza de que por mi boca nunca se va a saber nada.

Le iba a preguntar "saber nada de qué", pero preferí guardar un silencio cómplice. Yo no tenía idea respecto a lo averiguado por ella antes de partir a vacacionar y suponía que, desde la salida, no se había contactado con nadie que pudiera informarle algo distinto a lo que yo ya sabía. Lo que por el momento y por suerte, no me involucraba en nada. Creo que si Lupe hubiera conocido algo más, me lo hubiera dicho. Por eso me extrañó su comentario.

Sinceramente, me hubiese gustado tener un minuto de confianza con Lupe, pero podía resultar peligroso. En todo caso, intuía que podía contar ciegamente con ella y que una palabra indebida podía echarlo todo a perder. Tampoco le quise decir que yo jamás contaría aquella ocasión en que la encontré cabalgando desnuda sobre mi hermanastro. Pensé que con el paso de los años, ella ya lo habría olvidado, aunque tal vez continuaran galopando juntos con Francisco, sin que yo los volviera a sorprender.

Pero como no podía permanecer callada, le respondí, mirándola con picardía:

—Por mi boca tampoco se sabrá nada.

Ella me miró a los ojos y se ruborizó. Me quedó muy claro que aun recordaba sus hípicas veladas con mi hermano.

Sumando y restando, creo que con Lupe no nos debemos nada. Muy por el contrario, más que una sirvienta, en muchas ocasiones fue mi amiga, con la que se generó un mutuo y tremendo afecto. Me quedó la deliciosa sensación de que, incluso antes de nuestro alejamiento, ya la estaba extrañando.

VII

Corina fue protagonista y testigo del trágico período navideño que se vivió en la casa de los Gacitúa. Unos días antes de la Noche Buena, en un ataque de furia, la señora Inés había tirado el árbol destruyendo casi todos los adornos. También pateó el pesebre y pisoteó las figuras, renegando de Dios, para terminar lanzando lejos los paquetes con regalos.

Isabel lloraba alegando que qué culpa tenía ella para que le arruinaran su ilusión. La crítica relación matrimonial de los dueños de casa, que tuvo una efímera tregua durante los primeros días posteriores al ataque a Felipe, se deterioraba aceleradamente. Lo mismo la salud mental de doña Inés.

Esteban, intentando blindar a Isabel del desagradable entorno, la llevaba todos los días a su trabajo. Almorzaban en el club, la niña pasaba la tarde en la piscina, hasta que él la recogía para regresar a casa, previo paso por la clínica, donde transcurría el día de Inés, preguntándole a todo el personal que pasaba por su lado por el estado de salud de Felipe.

En este ambiente tan enrarecido, Corina no encontraba el momento de informar sobre sus indagaciones. Había resuelto relatárselo a don Esteban porque, después de lo que había visto, temía más reacciones violentas de la señora Inés.

Para la Noche Buena, Esteban decidió enviar a Isabel donde su madre y se preocupó de que su hija recibiera regalos que compensaran, aunque fuera en parte, los momentos ingratos a los que la sometía su madre y el entorno incómodo, como esas visitas que le formulaban preguntas que la niña rehuía responder. También él se cuestionaba por lo descuidada que la tenía, dedicándole tanta atención a Felipe que no salía del estado de coma.

Contrariando el deseo de Inés, Esteban le dio la noche libre a Corina, pero ésta, notando el malestar de su patrona, decidió permanecer a su lado asumiendo que le esperaba una jornada ingrata. Lo aceptaba resignada como el precio por su error.

Sólo picotearon y de mala gana, la cena preparada para la ocasión. Muy temprano, se retiraron a dormir cada uno en una pieza. Antes, Esteban le preguntó a Corina:

—¿Conoce usted algún hogar de niños pobres, Corina?

—Si don Esteban, cerca de donde vive mi familia hay uno.

—Ponga toda esta comida en un cooler y mañana temprano iremos a entregarla a esos niños. Sería de muy mala leche botarla sin que nadie la aprovechara.

—¡Se van a volver locos comiendo pavo y langosta, don Esteban! –respondió Corina, sonriendo.

—Ojalá les guste. Prepárese para mañana, Corina. Como a las diez iremos a dejarlo.

La mujer, que se acostó escuchando el ambiente festivo proveniente de las casas vecinas, pensó que, yendo solos con el patrón, tendría una oportunidad inmejorable para contarle lo que había averiguado. Apenada por la Navidad triste que estaría viviendo su niño Felipe, le costó conciliar el sueño. Se durmió entre sollozos, cuando ya se escuchaba el lejano canto de un gallo.

Pero no pudo hablar con el patrón. A última hora, cuando ya estaban listos para partir, la señora Inés decidió acompañarlos porque quería entregar la donación a nombre de su hijo enfermo.

Desde poco antes del incidente con el árbol de navidad y el pesebre, Inés había caído en una fluctuante onda mística. Cuando estaba en casa, pasaba horas rezando el rosario y contemplando un crucifijo de plata con incrustaciones de nácar, herencia de familia. De improviso y sin motivo aparente, las emprendía contra lo que encontraba a mano. Lanzaba todo lejos, sin importarle que se destruyeran finos adornos de porcelana o cristales antiguos. Sólo por casualidad o por mala puntería, los ventanales se salvaron de estos repentinos ataques de ira. Como eco de la quebrazón, gritaba las peores groserías, casi siempre dirigidas a la resignada Corina. Desahogada su rabia, caía en un letargo y permanecía inmóvil, como momificada, por largos minutos.

En la Clínica Británica la apodaban la "Loca del rosario". Sentada en la sala de espera, pasaba las cuentas una y otra vez, interrumpiéndose sólo para consultar por Felipe, casi como por asalto, a los funcionarios que salían de la UCI.

La directora del hogar de niños rechazó los alimentos. Habían recibido suficientes donaciones como para disponer varios días de un almuerzo decente, agregando que carecía de capacidad para refrigerar más. En otro sitio podían hacer más falta. A Esteban le quedó la sensación de que la mujer no quería romper tan abruptamente la rutina alimenticia de los niños.

—¿No dijo usted que su familia vivía por aquí cerca?— le preguntó a Corina.

—Si, don Esteban, a cinco cuadras.

—Me imagino que no se enojarán si en Navidad almuerzan pavo y langosta, ¿no le parece?

—No lo creo, patrón, aunque estén acostumbrados a los porotos con longaniza, las pancutras y las carbonadas —respondió Corina sonriendo.

—Entonces, vamos para allá. Almuerza con su familia y regresa por la noche. Con Inés pasaremos el resto del día en la clínica.

Corina sintió un poco de vergüenza al ingresar en el automóvil de sus patrones al modesto barrio de sus familiares. Su pobreza contrastaba tanto con la opulencia de los Gacitúa, pero de seguro Susana y su familia estarían felices al recibir un almuerzo de restorán para el día de Navidad. Dirigió a Esteban hasta la puerta donde dos niños, mirando incrédulos, salieron a recibirla:

—¡La tía Corina! ¡Mamá, mamá viene la tía Corina en un auto grande!

Sólo entonces recordó que, abrumada por las circunstancias, no compró regalos para sus sobrinos. Descendió del auto, abrazó a su prima y dijo a los pequeños:

—¡Ay, niñitos! He estado tan ocupada, que no les alcancé a comprar un regalito. Se los quedo debiendo para la próxima visita.

Los muchachitos no pudieron disimular la decepción que les provocaba este olvido de su tía. Esteban, que contemplaba la escena desde el auto, pensó que quizás sería el único regalo que recibirían y que, por culpa de la tragedia, se quedarían sin él.

—*Otro daño colateral de la desgracia que intentaré remediar. Les compraré algo para que Corina les traiga en su próxima visita* –se dijo para sí.

La mujer, después de muchos días de vida hostil, pudo disfrutar de un ambiente grato en compañía de los suyos, tanto como ellos lo hicieron con el banquete aportado por los Gacitúa. Aunque sólo fuera por una tarde, le haría bien liberarse del aire asfixiante que se respiraba en ese hogar marcado por la desgracia, al que sólo la ataba Felipe.

Luego de la Navidad, Inés se fue encapsulando en esa vida casi monástica que alternaba con los ataques imprevistos de locura. Nada le importaba, ignorando incluso a su hija menor. Corina pensaba que hubiera preferido que Isabel fuera la golpeada en la cabeza, aunque tampoco parecían importarle demasiado los progresos de Felipe. Parecía mejorar cuando le informaban que la salud del niño empeoraba, más que cuando mostraba avances. Cada vez era más evidente el acelerado deterioro de la salud mental de su patrona. Ya casi no dormía ni comía. Se levantaba temprano para instalarse a orar frente al crucifijo de plata, esperando a que don Esteban la trasladara a la clínica para continuar allá repasando el rosario. Permanecía así durante todo el día hasta que su marido la recogía para llevarla de regreso a casa. Por fortuna, los ataques que la llevaron a romper casi todos los adornos de su hogar, cesaron pronto. Toda esa violencia la volcaba contra Esteban cuando llegaba a casa. Dejaba de orar para taparlo con insultos de los más gruesos calibres. Al comienzo, él intentaba calmarla, pero pronto se dio cuenta de que era inútil y la dejaba gritar hasta que caía exhausta. En la misma Clínica Británica había solicitado que un especialista examinara a su mujer. Ella, en contra de su voluntad, asistió a algunas sesiones con un psiquiatra, pero sin ningún afán de colaborar. En esas circunstancias, no mostraba avance alguno.

En medio del infierno en el que vivía, Esteban pensó varias veces en abandonar el hogar junto a su hija, pero dejar a Inés en ese estado y, peor aún, a su hijo a merced de ella cuando regresara de la clínica, lo hizo quedarse. Pensaba que su partida podría ser letal para su esposa. Temía un suicidio, aunque tenía claro que si ella decidía matarse, buscaría el medio y lo haría sin que nadie lo pudiera evitar.

Para que Isabel no continuara contaminándose de este ambiente pernicioso, la trasladó definitivamente a casa de su madre. En los próximos días la anciana viajaría al campo de unos familiares, donde la niña podría disfrutar de unas tranquilas vacaciones en compañía de su abuela, primos y tíos. Ahí permanecería al margen del drama que se ventilaba en su hogar.

Esta soledad convirtió la noche de Año Nuevo en la más triste que viviera Corina desde que huyó de su casa. Muy temprano, incluso más que durante los días normales, sus patrones se retiraron cada uno a su pieza y apagaron las luces. No se preparó una cena especial ni nada que hiciera ese día distinto a los demás. En casa de los Gacitúa no había nada que celebrar. La sirvienta permaneció en su habitación esperando las doce, viendo por la tele los fuegos de artificio y hasta improvisó unos pasos de baile, tratando de matar la congoja. Con sus pensamientos deambulando entre Felipe, su futuro, los posibles culpables y sus patrones, meditó hasta el amanecer:

—Pobre don Esteban, qué triste es su vida. Pero nunca como la mía –pensó.

Entonces recordó cuando su padre, campesino misérrimo de La Placeta, caserío escondido entre bosques cordilleranos cercanos al nacimiento del río Claro, la permutó por dos yeguas paridas. Once años le dijeron que tenía cuando la entregó a Edmundo. "Inmundo", lo bautizó ella por la mezcla de efluvios entre a sudor, vino rancio y carne de cordero media podrida, emanantes de ese cuerpo tan viejo para ella, que bien podría ser su abuelo.

El hombre, un arriero que vivía como eremita entre las quebradas, en un sector relativamente cercano a la casucha de madera que ellos habitaban, se perdía durante las veranadas con los piños en la cordillera. En invierno, cuando la nieve paralizaba casi todo, vivía del abigeato en el lado argentino, para contrabandear el ganado hasta Chile por pasos ocultos, arriesgando el pellejo en medio de las tempestades.

La trataba mal el "Inmundo". Cuando no la estaba poseyendo con brutalidad, sometiéndola a las peores humillaciones, le estaba pegando porque, según él, ella hacía las cosas mal. Corina, en cuanto escuchó hablar del negocio que pretendía hacer su padre, usándola como moneda de cambio, intentó oponerse, pero a fuerza de chicotazos no le quedó más que aceptar la imposición. Lo hizo decidida a huir en la primera oportunidad que se presentara. El "Inmundo", como leyendo sus intenciones, la mantenía atada a la cama, soltándola nada más que cuando necesitaba ir a la letrina, un hoyo en el suelo rodeado de ramas y cubierto de moscas, a una veintena de pasos de la ruca de barro y paja que los cobijaba.

Muy pocos meses fue capaz de soportar el maltrato y las vejaciones. Una crudísima tarde de invierno, en medio de una borrachera y después de que la violara con más brutalidad que nunca, "Inmundo" la ató mal. Ella aprovechó para robarle un caballo y huyó galopando cerro abajo. Pasó una noche glacial entre centenares de ruidos que la aterrorizaban, para llegar al atardecer del día siguiente a San Clemente, pueblo que ella, acostumbrada a la decena de casas de la montaña, encontró enorme. Era la primera vez que visitaba una villa. Jamás vio tanta gente reunida. Ató el caballo a una estaca y comenzó a recorrer el pueblo a pie, mientras una lluvia leve la empapaba. Se desplazaba sintiéndose acosada, perseguida. En la cara de cada hombre le parecía ver al "Inmundo", que la miraba con lascivia. Anocheciendo, con mucho miedo y hambrienta, le pidió socorro a la dueña de un negocio pequeño, que estaba a punto de bajar la cortina.

La mujer, al contemplar su cara de desamparo, la acogió. Después de alimentarla, bañarla y pasarle ropa seca, la sentó a la orilla de un brasero con un mate bien cebado y le dijo que ella no podía tenerla ahí más de una noche. Le explicó que su casa era muy pequeña y que a su marido no le gustaban los extraños, pero que no se preocupara porque ella llamaría a una señora que la trataría muy bien. Corina, resignada, la dejaba hablar y hacer. Pensaba que en ninguna parte estaría peor que al lado del monstruo que le habían elegido como pareja y tenía claro que era impensable regresar donde sus padres.

Al día siguiente la entregaron a la dueña de un fundo que llegó a buscarla en un auto. La señora, vestida con una elegancia que deslumbró a la campesina, la interrogó sobre sus orígenes.

Corina le relató sólo la primera parte de su drama. Le dijo que la querían cambiar por dos yeguas paridas y que ella había preferido huir antes que caer en las manos del hombre viejo con el que harían el trueque. La señora, luego de lamentar lo que le había ocurrido, de decirle que la comprendía y apoyaba, la llevó donde un médico que la examinó para, entre otras cosas, comprobar que no estuviera embarazada. Después la trasladó a su campo. Ahí la obligó a bañarse con agua caliente, sensación placentera jamás experimentada por Corina, que concluyó cuando la refregaron con coronta de choclo para sacarle la mugre adherida como sanguijuelas a su cuerpo. Quedaron a la vista los moretones productos de las golpizas del "Inmundo". Se sintió reconfortada con las palabras de apoyo que recibió de la mujer que la bañaba. También le dieron de comer y le entregaron una habitación con una cama con colchón. Hasta esa noche, siempre durmió sobre cueros de ovejas, repletos de pulgas.

En la soledad de la pieza, pensó que en dos días la habían bañado dos veces, casi lo mismo que en toda su vida anterior y que le habían dado de comer como si a través de su cuerpo se pudiera ver el hambre que arrastraba desde siempre. También se alegró de sentir, por primera vez, el roce de su piel con ropa limpia, olorosa a jabón, aunque le quedara un poco grande.

Como no conocía el calendario, no sabía medir el tiempo, pero sí supo que algunos días después la elegante señora, que escuchó que la llamaban Josefina, la subió en un autobús en Talca, ciudad más grande aún que San Clemente, enviándola a Santiago para que trabajara en casa de Alicia, una de sus hijas.

Al llegar a la capital, su deslumbramiento fue total. Bajar del autobús y ver a tanta gente, le produjo pánico. Si llegaba a perderse, no sabría qué hacer. Pero pronto se encontró con la señora Alicia, que la reconoció por sus ropas y por la cara de asombro. La aguardaba en el terminal de buses para trasladarla hasta la cómoda vivienda de su familia. En el trayecto se dedicó a mirar desde el automóvil los edificios cubiertos de cristal que pasaban a su lado y que parecían competir entre ellos por cuál era el que se acercaba más al cielo. Le hubiera gustado que la señora se desplazase más lento para verlo todo, porque todo la impresionaba. Los autobuses, la cantidad de gente y de vehículos, las plazas, los monumentos, los parques, cientos de personas que emergían de agujeros cavados en el suelo… Y el ruido. Nunca en su vida había escuchado tanto ruido, al extremo que llegaba a atontarla. Pero algo en su interior le repetía que jamás volvería atrás. Que esta alucinante ciudad sería su casa para siempre.

Si la señora Alicia le preguntó algo durante el viaje, no escuchó nada entre el bullicio y el embeleso, pero una vez en casa la bañaron nuevamente con agua caliente, la desinfectaron, le dieron ropa y comida decente. Con éste sí que sin dudas había recibido más baños que nunca antes. Le entregaron una habitación para ella sola en la que de nuevo encontró una cama con colchón. Cuando la señora Alicia la vio abrir el bolso en el que portaba las pertenencias que le había comprado la señora Josefina, le preguntó:

—¿Este es todo tu equipaje, chiquilla?

—Sí, señora –respondió Corina con timidez. Siempre usó las prendas de vestir hasta que ya no le entraban o hasta que se deshilachaban. Le pareció que con esta ropa nueva ya no necesitaría más, pero se equivocó, porque la patrona le dijo:

—Prepárate a salir. Iremos a Patronato para comprarte ropa decente.

—Cómo usted mande, señora.

Jamás conversaron de su salario, pero a ella no le importaba. Como no entendía de dinero, cada fin de mes recibía parte de su plata, porque el resto se lo depositaban en una cuenta de ahorro.

—Prefiero hacerlo así —le había dicho la señora Alicia –porque, cuando hemos salido de compras, me he dado cuenta de que no tienes idea del valor del dinero. Cuando aprendas, si quieres retiras toda tu plata del banco y haces con ella lo que quieras, pero por el momento, es mejor que la dejes ahí. Si la juntas, más adelante podrías incluso comprarte una casa.

Los primeros días fueron fatales. Le costaba acostumbrase a esta nueva vida tan pulcra al lado de la que llevaba en La Placeta. Pero con el paso de los días la señora Alicia, criada entre campesinos, le enseñó todos los menesteres de una casa y sobre todo, a utilizar el baño. También la matriculó en una escuela nocturna para que aprendiera a leer y escribir. Corina, que no era tonta, aprendió rápido, lo que le facilitó mucho las cosas.

Inicialmente su función fue el cuidado de los tres hijos del matrimonio, pero pronto iría asumiendo otras labores. Seis años después, cuando se divorciaron y la señora regresó junto a su madre llevándose a los niños, Corina ya manejaba casi sola la casa, pero se rehusó a regresar al sur. Jamás le contó a su patrona las circunstancias que la obligaron a huir del "Inmundo". Ahora lo hizo para que entendiera por qué no quería reencontrarse con su pasado. Y volver a San Clemente, tan cerca de La Placeta, la exponía a caer de nuevo en las garras de él o en las de su padre.

La señora Alicia comprendió de inmediato y se encargó de recomendarla a una amiga. Así llegó donde la señora Inés y, desde entonces, trabajaba para los Gacitúa. Allí conoció a la Micaela, sirvienta de una casa vecina, la gran amiga de su vida, aunque opuesta en carácter. La Micaela era festiva, dicharachera, pelusa, se definía a sí misma. Con ella visitaba la Plaza de Armas los días domingos. La Micaela tenía un novio peruano con el que se perdía por una hora en un hotel de mala muerte. A veces, Corina paseaba con otro cholito que no le agradaba mucho pero que, por complacer a su amiga, lo acompañaba mientras Micaela se dedicaba a aplacar sus deseos. Pero casi siempre prefería entrar a la Catedral para rezar.

El trauma dejado por el sexo forzado y brutal del "Inmundo", le impedía mantener un vínculo normal con los hombres. Sólo imaginarse en los brazos de uno le producía asco, unos deseos incontenibles de salir huyendo. Se había convencido de que jamás podría mantener relaciones sexuales. Pensaba que todos los hombres actuaban como bestias, resultándole difícil comprender a la Micaela cuando afirmaba que lo había pasado fantástico con su cholito. Para Corina, el sexo era sinónimo de bestialidad, de humillación. Mientras pudiera lo evitaría.

Lo ocurrido recientemente a su Felipe, no venía más que a ratificar su teoría. El policía le había dicho que lo de su niño se produjo al intentar mantener relaciones sexuales. Quizás don Roberto era uno de esos homosexuales, que llamaban, y había intentado violar a su niño. ¡Había tanta maldad en todas partes! Bastaba escuchar las noticias en la tele para darse cuenta. Definitivamente, el sexo era veneno para la mente de los hombres.

Durante uno de esos paseos dominicales, en los que además junto a la Micaela entraban en algún cine o recorrían galerías comerciales tomándose un helado, se encontró con Susana, una prima algo mayor, también prófuga de la rusticidad de La Placeta.

Susana convivía con Rigoberto, un hombre sencillo que trabajaba en su buque manisero en la Plaza de Armas. Tenían dos hijos pequeños. Ella, durante la semana, también se desempeñaba como sirvienta en otro rincón acomodado de la capital, pero puertas afuera, por lo que regresaba todas las tardes a su casa. Los días domingo, cuando la clientela aumentaba, Susana y los niños ayudaban a atender el negocito de Rigoberto. Mientras él confitaba maní, ellos vendían globos, remolinos de papel y volantines que durante la semana, restándole horas al sueño, fabricaban en su casa.

Para Corina eran sus únicos parientes y fue con ellos con quienes compartió la cena navideña regalada por don Esteban. Entre las primas se forjó una sólida amistad basada en una recíproca complicidad. Ambas habían huido de sus hogares y conocían mejor que nadie las atrocidades vividas en el cautiverio. Se necesitaban porque, de una u otra forma, eran el único vínculo que tenían con ese pasado que les gustaría borrar, pero que ineludiblemente formaba parte de sus vidas. Muchas veces, cuando conversaban, añoraban el verdor de los bosques de su infancia, de las cascadas de las Siete Tazas, de los pumas que se avistaban y los cóndores que flameaban en los cielos celestes de la primavera. Infancia interrumpida antes de tiempo por la violencia de su padre y del "Inmundo".

Medio en broma, medio en serio, a veces se preguntaban qué ocurriría si de improviso se encontraran con alguno de los habitantes de La Placeta. Suponían que, transcurridos tantos años desde su llegada a la capital, difícilmente alguien del remoto caserío cordillerano reconocería en ellas a las rústicas muchachitas campesinas.

VIII

Comenzando enero, Esteban regresó a casa después de llevar a su mujer a la clínica. Necesitaba revisar con tranquilidad unos documentos relativos a un importante negocio y se instaló en su oficina, donde pronto apareció Corina con café y galletas:

—Don Esteban, necesito hablar con usted…

—Si se quiere ir de este infierno, hágalo Corina; le encontraría toda la razón.

—No se trata de eso, patrón. Primero, quería pedirle disculpas por el condoro que me mandé. Usted sabe, cuando limpié esta pieza, lo hice porque a la señora le gusta…

—Sí, lo sé. Le gusta el aseo prolijo. La perdono, mujer, no fue culpa suya. En medio del caos, fuimos nosotros los que no dimos instrucciones claras. Gracias por el café y ahora déjeme por favor, mire que me tengo que ganar como sea este negocio. La clínica está saliendo muy cara y…

—Es que lo otro es lo más importante que le tengo que decir, don Esteban –Corina repetía su típico gesto de nerviosismo de secarse las manos en el delantal.

Esteban levantó la cabeza y la miró con curiosidad, como diciendo “dispare de una vez, que tengo prisa”.

—Como me mandé el condoro, estoy tratando de ayudar iniciando mi propia investigación, don Esteban.

—¿Y a qué conclusión ha llegado? –preguntó el dueño de casa, mirándola intrigado.

—Es que conversé con varias colegas mías del barrio, por si habían visto algo extraño ese día.

—¿Y?...

—Una de ellas, que se llama Rosa, vio a un caballero buscando algo entre los arbustos de las casas vecinas. Dice que andaba casi en cuatro patas. Hasta que lo encontró un poco más allá.

—¿Y sabe quién era ese caballero?

—Era don Roberto, el esposo de la señora Raquel.

La cara de perplejidad de Esteban no dejaba dudas respecto a lo que estaba ocurriendo en su cabeza.

—¿Cuándo ocurrió eso, Corina?

—¡El domingo, pues don Esteban!

—¡No, mujer, cuándo lo averiguó!

—Como tres días después del regreso, cuando la señora me echó.

—¡Y por qué no lo dijo antes, mujer!

—Es que me daba miedo que la señora se fuera a enojarse porque me metía en lo que no me importaba y me volviera a despedir. ¡Está tan rara la señora! Y con usted nunca había tenido oportunidad de conversar – Corina temblaba, arrepentida de haberse metido en un nuevo lío.

—¿Qué más averiguó? ¡Dígame!

—Entonces fui a conversar con la Lupe, la niña que trabaja donde la señora Raquel y le pregunté si ella había visto al músico de fierro, ese que se perdió.

—¿Y?...

— Me dijo que no, fíjese, don Esteban.

—Quiere decir, Corina, que no se avanzó mucho, entonces.

—Es que ahí le pregunté si ahora último no había visto medio extraño a don Roberto y me respondió que toda la gente andaba rara en esa casa, porque la señorita Cristina había repetido de curso, pero que ella no sabía que pasara ninguna otra cosa extraña. Pero la Rosa me dijo que, después que don Roberto recogió el objeto, miró para todos lados, como asegurándose de que nadie lo hubiera visto y que caminó hacia acá.

—¿Me está diciendo que Roberto vino a esta casa esa tarde, Corina?

—La Rosa no lo sabe bien, don Esteban, porque lo vio doblar en la esquina y al poco rato pasar de vuelta hacia su casa. Desde adonde ella estaba lo dejó de ver cuando dio la vuelta.

Esteban se quedó un rato meditando e intentaba atar cabos. ¿Qué diablos podría estar buscando Roberto Meneses en los jardines vecinos? Curiosamente, llegó a la misma conclusión que Corina: o buscaba algo extraviado de mucho valor o algo que le convenía mantener en secreto.

Aunque en ese momento la información que le proporcionaba Corina no le parecía relevante, nada perdía con conversar con Roberto. Decidió que lo encararía esa misma tarde.

—Corina, vamos a hacer lo siguiente: no le vamos a contar nada de esto a la señora Inés, que puede armar un escándalo y arruinar todo lo que usted ha averiguado. Lo vamos a manejar entre nosotros dos. Esta tarde iré donde Roberto para hacerle algunas preguntas. Si dice algo extraño, que me parezca sospechoso, informaré de inmediato a la policía. ¿Estará dispuesta su amiga a repetir en los tribunales lo que le contó a usted?

—Me imagino que sí, don Esteban. Ella misma vino a decirme lo que vio cuando la Micaela, que es mi amiga, le dijo que yo andaba buscando pistas. Ahora le digo, no saca nada con ir donde don Roberto. Toda la familia está afuera, de vacaciones, dicen que fueron a Brasil. Se llevaron hasta a la Lupe…

—Veo que usted está mucho mejor informada que la policía, que hasta el momento no tiene ninguna pista. ¡Qué extraño que viajaran justo ahora al extranjero y llevando hasta la nana! En todo caso, permanezca atenta al regreso de Roberto y me avisa, por favor. Le voy a dar mi número de celular para que me llame. Y le repito, todo tiene que hacerse cuando Inés no esté en casa, ¿me entiende Corina?

—Sí, don Esteban. En todo caso, usted sabe que la señora Inés no está casi nunca en la casa, salvo cuando usted la trae y aquí es como si no estuviera, porque se lo pasa puro mirando el crucifijo ese o insultándonos, ¡si ya ni come!

Esteban quedó meditando. Estaba bien que se fueran de vacaciones a donde quisieran, era su derecho, pero ¿llevando a la sirvienta? Lo entendía si iban a Algarrobo, donde tenían casa, pero al Brasil, pagando pasaje, alojamiento y quizás cuántas cosas más. Le parecía una extravagancia ¿Tan bien le estaba yendo a Roberto Meneses que se podía permitir esos lujos? ¿O huía de algo? Además, Roberto debía tener una muy buena razón para andar gateando por debajo de las plantas, buscando un objeto perdido. ¡Y justo el día en que asaltaron su casa! Quizás todo eran sólo coincidencias, fantasmas de la Corina y que él estaba asumiendo como verdaderos. ¡Pobre mujer! Estaba tan complicada por el error cometido, que había tomado esta iniciativa. ¡Bien por ella! Demostraba su compromiso con la familia.

—*¡Cómo cambia la vida! Hace poco tiempo no me imaginaba escuchando intrigas de sirvientas* –pensó. Sin duda que ésta era otra secuela del más terrible episodio que le había tocado vivir en toda su existencia.

Inés continuó asistiendo a la clínica todos los días, aunque no podía ver a Felipe que permanecía en la UCI. Ella, cuando no rezaba el rosario, importunaba al personal con preguntas, que si no eran respondidas a su satisfacción, se transformaban en insultos. Los médicos, hartos de sus descalificaciones, la eludían dando largas vueltas por pasillos interiores.

Como nada ponía de su parte, de poco le servían a la mujer las sesiones con el psiquiatra que luego de examinarla, le diagnosticó un caso extraño de esquizofrenia, porque no existían antecedentes para pensar que esta enfermedad hubiese estado tan latente en Inés, como para que se gatillase con esa velocidad. Pero ella se resistía a los tratamientos, en casa se negaba a tomar los medicamentos y ese procedimiento a medias se transformaba sólo en un estado de aletargamiento, que la sumía en largos episodios de sopor. Cada día se hacía más evidente que muy pronto Inés necesitaría ser internada en una clínica especializada. Esteban dilataba la decisión a la espera del retorno de Felipe al hogar. Si con un hospitalizado se le hacía la vida difícil, con dos, sería imposible.

Corina llamó a don Esteban en cuánto conoció la presencia de su vecino en el barrio:

—Don Esteban, habla la Corina. Llegó don Roberto y regresó solo —le dijo en un susurro, como para que nadie la escuchara, aunque no había nadie más cerca de ella.

—Gracias, Corina. Esta tarde pasaré a conversar con él.

Roberto lucía bronceado, saludable y vestía traje de baño. Cuando vio acercarse a Esteban intuyó de inmediato de qué trataría la conversación. Pese a estar avisado y a la pachorra adquirida en tantos años como comerciante de automóviles, no pudo evitar un cosquilleo en el estómago. Conocía desde hacía mucho tiempo a Esteban Gacitúa, aunque nunca cultivaron una amistad como la existente entre sus mujeres.

—Hola, Esteban, ¿qué te trae por aquí? –preguntó, tratando de disimular su inquietud por la presencia del vecino.

Después del protocolar apretón de manos, se sentaron en sendas reposeras, cerca de la piscina. Roberto sirvió dos tragos largos, generosos en hielo.

—¿Deseas darte un chapuzón? Te paso un traje de baño. Pese a que ya comienza a declinar el sol, este calor lo amerita.

—No, gracias. No te preocupes. Trataré de ser breve, porque vengo por algo muy específico.

—Tú dirás.

—Seguramente sabes que a comienzos de diciembre asaltaron mi casa. Nosotros estábamos en el paseo del curso de Isabel, mi hija y en casa sólo estaba Felipe, mi hijo mayor.

Roberto parecía estar muy atento, con la manos unidas y afirmando el mentón con la punta de los índices.

—Durante el asalto, Felipe recibió varios golpes en la cabeza que lo tienen muy, pero muy grave…

Esteban suspendió su alocución con la voz quebrantada.

—Lo sé y lamento mucho lo que les ocurrió, Esteban. Raquel, antes de partir de vacaciones, fue varias veces a visitarlo a la clínica, junto con Cristina.

—Lo que pasa es que ese día no robaron nada en mi casa, excepto un busto en bronce de Beethoven, recuerdo de familia, que mantenía sobre mi escritorio. Suponemos que podría ser el arma utilizada por él o los delincuentes.

Roberto miraba a su interlocutor tratando de disimular su agitación. Se creía preparado para cualquier comentario que pudiese inculparlo a su hija o a él, pero muy distinto era vivir la situación:

—¿En qué te puedo ayudar, Esteban? –preguntó, intentando parecer sereno.

—Resulta que la sirvienta de una casa vecina te vio esa tarde de domingo, buscando por los alrededores algo que finalmente recogiste del suelo. Por casualidad, ¿no habrás encontrado tú el busto?

Si Esteban esperaba incomodar a su vecino con la pregunta, no lo logró. Roberto sonrió levemente, dejando pasar algunos segundos antes de responder:

—¡Qué bueno que viniste solo Esteban! En presencia de nuestras mujeres me resultaría imposible contarte la verdad. Pero entre hombres, es otra cosa. Primero que nada, la respuesta es no. No buscaba ni encontré algún objeto como el que mencionas y si me vieron en esas circunstancias, por lo delicado de tu problema creo que mereces una explicación. ¡Bueno! Resulta que la noche del sábado salí con una damita que conocí por ahí, pero debí regresar a casa porque, torpemente, dejé olvidada mi billetera. Estacioné el auto a la vuelta de la esquina y vine caminando, pero, respondiendo un arsenal de preguntas de mi mujer, cargada de sospechas, demoré en regresar al vehículo. La muchacha, impaciente, se bajó del auto y caminó hasta la esquina. Estaba furiosa por mi demora. Cuando estuve cerca, me arrebató la billetera de las manos y la arrojó lejos. En medio de la oscuridad, por más que busqué, no la encontré. Indignado con ella, la fui a dejar hasta un lugar en el que pudiera tomar un taxi y regresé para continuar buscando. Tú sabes, en la billetera uno lleva las tarjetas de crédito, cédula de identidad, licencia de conducir…en fin, documentos muy importantes. Desafortunadamente no tuve éxito durante la noche. En la mañana del domingo, con mi mujer dando vueltas por ahí, no pude continuar buscando, pero mientras Raquel dormía una siesta, salí y rebusqué hasta que la encontré, en medio de las ramas de una planta. Estaba mojada con el riego, pero mis tarjetas y documentos casi no sufrieron daños, por suerte. Seguramente, la niña que mencionas me vio en ese momento. Aunque recuerdo que miré hacia todos lados y la cuadra me pareció desierta.

—La muchacha estaba regando el jardín. Ella dice que después tú caminaste como hacia mi casa.

—Sí. Me pareció escuchar unos gritos provenientes de ese lado y me acerqué para mirar. Pero como no noté nada extraño, regresé a mi casa.

—¡Qué pena! Tenía la esperanza de que tú lo hubieses encontrado. Podría ser de gran utilidad para dar con quién, alevosamente, dañó a mi hijo.

Ambos quedaron en silencio, el que fue roto por Esteban cuando dijo:

—Quiero ser sincero contigo, Roberto. Algo me dice que me has contado es una entretenida historia y nada más. Ese mismo presentimiento me dice que tú sabes más del asunto.

Roberto, en cuyo rostro se dibujó un gesto de perplejidad, guardó unos segundos de silencio, antes de responder con aire molesto:

—Me ofende tu comentario, Esteban. He tratado de ser sincero contigo y parece que tú me has mal interpretado. Te he contado una situación íntima que, si es conocida por mi mujer, me puede ocasionar muchos problemas. ¡Y tú dudas!

—Perdóname, pero por aclarar la situación en la que casi matan a mi hijo, haré todo lo posible y no vacilaré en agotar todas las instancias.

—Alabo tu determinación, Esteban, pero eso no te da derecho a cuestionar a todo el mundo. No puedes usar tu desgracia como escudo para eso.

—Roberto, lamento que te sientas ofendido. Si estoy equivocado, te pido perdón, pero ¡estoy tan desesperado! Lo de Felipe ha gatillado en Inés un problema psiquiátrico de proporciones insospechadas y se niega a aceptar un tratamiento. Nuestra vida es un infierno. Para mí los problemas se multiplican día a día, mientras tú puedes darte el lujo de enviar a tu familia de vacaciones a Brasil, llevando hasta la sirvienta. –Esteban luchaba contra las lágrimas que pugnaban por desatar el inmenso nudo que atenazaba su garganta.

—Esteban, si tú problema es de dinero, cuenta conmigo, pero no te voy a aceptar que me acuses de algo en lo que yo no he tenido ninguna participación, ¿me entiendes? Ya te digo, lamento lo que te pasa y más lamento que te moleste que haya enviado de vacaciones a mi familia fuera del país.

—Es que eso más acrecienta mis dudas. ¿Por qué justo ahora?

—Porque es verano, porque tuve un buen año y por último, porque me dio la gana. El dinero me lo he ganado trabajando duro y me siento con el derecho a gastarlo en lo que me plazca. Si tus sospechas prevalecen por sobre la amistad de nuestras familias, llama a la policía y que ellos me interroguen. Pero te advierto que por muchos problemas que tengas, si lo que te acabo de confidenciar me trae problemas con mi mujer, te acusaré de inventarlo para perjudicarme. Y entonces nos veremos las caras en los tribunales.

La situación se había tensionado al máximo entre los dos hombres. Ya no había nada más que decirse. Roberto, muy molesto, escoltó a Esteban hasta la puerta de su casa. Antes de despedirse e intentando apaciguar un poco los ánimos, le reiteró:

—Esteban, sé que estás pasando por un muy mal momento y no quisiera que esto empañara nuestra relación, sobre todo por la amistad que une a nuestras señoras. Si lo que tu mujer necesita es compañía, le diré a Raquel que la llame en cuanto regrese, que se acerque a ella. Quizás una amiga pueda lograr lo que los médicos no han conseguido. Y te repito, si te falta dinero, avísame. Cuando haya pasado todo, veremos cómo nos arreglamos.

—Gracias, Roberto. Hasta el momento, en la parte monetaria, he podido salir adelante. Más falta me hace la ayuda para aclarar los hechos. Si sabes algo, por favor, no dejes de avisarme.

Esteban regresó a su casa descorazonado, molesto. La historia podría ser verdad, pero algo no le cuadraba. Él no tendría las agallas suficientes para regresar a su casa con la amante, dejándola estacionada a la vuelta de la esquina. Claro que considerando la fama de Roberto Meneses, todo era posible, aunque algo le decía que su vecino tenía preparado el discurso. Su coartada estaba demasiado bien urdida. Lo más probable era que su sirvienta lo hubiese puesto al tanto de la visita de Corina, disponiendo de mucho tiempo para pensar bien en lo que tenía que decir. ¿Podría ser tan caradura?

Que Roberto era un mujeriego irremediable, Esteban, como todo el mundo, lo sabía. Cuando Inés estaba en sus cabales, muchas veces le contó que Raquel, no una vez sino muchas, sorprendió fotos y otros objetos de mujeres entre las ropas de su marido. Casi todas las discusiones de la familia Meneses giraban en torno a sus infidelidades. También en el club, al que ambos pertenecían, se relataban anécdotas, algunas jocosas y otras dramáticas, provocadas por su inagotable afición al otro sexo. Entre risas, aseguraban que sólo respetaba a las esposas de sus amigos y por eso casi todos preferían tenerlo como tal.

¿Y si su hija hubiese heredado esta afición? Pensando en ello, Esteban elaboró una teoría: Cristina Meneses era la que estaba con Felipe la tarde del domingo. Concurrió a su casa sabiendo que él se encontraba solo. Era conocida la afición de esa niñita por la bebida y, ebria o con deseos de seguir bebiendo, se fue a ofrecer a cambio del trago que le ocultaban en su casa. Felipe, con el ánimo de pegarse un buen polvo con una muchacha famosa por su exuberancia —entre los padres era comentario obligado el tamaño de su busto— la hizo pasar al escritorio para darle de beber y seducirla. Quizás se la había engrupido con ayudarla en los estudios y por eso estaban ahí los libros y cuadernos. Lo más probable es que estuviesen a punto de tener relaciones cuando Roberto, buscando a su hija fugada, entró, aprovechando que el descuidado de Felipe había dejado la puerta abierta. Seguramente los sorprendió en el momento preciso. Imaginaba a su vecino, ciego de rabia, golpeando a su hijo en la cabeza, justo antes que éste penetrara a la muchacha, provocando el clímax con el impacto.

Estas especulaciones llenaban a Esteban de ira e impotencia. Aunque todo le cuadraba, no eran más que conjeturas. Le llamaba la atención, por ejemplo, que en el lugar no hubiese botellas de trago o que, según la Corina, los vasos sólo contuvieran restos de jugo. Todo eso las convertía en hipótesis que, sin testigos, eran imposibles de demostrar. Mantenía secretas esperanzas de que, apareciendo el busto, pudiera dar algunas pistas sobre la identidad de los atacantes. Aunque pasados tantos días, era muy poco probable que conservara alguna huella como para inculpar a alguien. Pero tampoco le resultaba coherente imaginar que Roberto huyese con el busto de Beethoven en la mano, para botarlo un poco más allá. Si era el arma utilizada, la lógica le señalaba que la llevaría consigo para hacerla desaparecer. Salvo que estuviese nervioso, pero su vecino parecía operado de los nervios. Si no era el busto de bronce ¿era efectivamente la billetera lo que buscaba en el rosal? Pensaba que si él hubiese extraviado sus documentos, en las circunstancias que fuera, y tuviese una remota noción de su ubicación, no pararía hasta encontrarlos para evitar los problemas y los riesgos que trae consigo una pérdida de esta naturaleza.

Definitivamente, algo no le cuadraba en el relato de su vecino, tanto como que encontraba que su propia hipótesis tenía muchos vacíos como para presentarla a la policía, sin meterse en un problema con Roberto. Tenía muchos cabos sin atar, pero creía estar en el camino correcto y que muy pronto encontraría la punta de la hebra. Si aparecería el busto u otra pista clave para desentrañar el misterio, algo mejoraría la vida de su familia.

Al día siguiente, Esteban, como una obligación de reciprocidad, le refirió a Corina lo conversado en la reunión, incluidos los descargos de Roberto. También le enunció su teoría que a la mujer le pareció tan convincente, que para ella, sin lugar a dudas, el vecino y su hija eran los culpables de todo.

Lo que le extrañaba de la coartada era que, si alguien hubiese visto alguna vez a don Roberto por el barrio en compañía de otra mujer, ella lo sabría. Las casas tenían ojos a todas horas y la Micaela, muy buenos informantes. Segura de que los Meneses estaban en la puerta de la ratonera, decidió reiniciar su investigación, volver a conversar con Rosa y pedirle que describiera mejor y frente a don Esteban las circunstancias y el objeto recogido por don Roberto. También interrogaría a otras colegas, para saber si alguna de ellas había visto con otra a don Roberto. Quizás el viejo caliente hasta tenía líos con la Lupe y por eso lo protegía. Y ella, ingenua, los había puesto sobre aviso. Todas en el barrio comentaban lo coqueta que era la Lupe y la atracción que ejercía entre los hombres. Quizás don Roberto, mujeriego como era y que hacía sufrir tanto a la señora Raquel, también la tuviera en su lista. Así como figuraba en la de Francisco, el hijo.

Rosa acompañó a Corina hasta la casa de los Gacitúa. Cara a cara con Esteban y presa del nerviosismo propio de los sirvientes frente a un patrón desconocido, dijo que no era mucho más lo que podía aportar, pero que a la distancia, le parecía que el objeto no era una billetera. Era más cuadrado, como una caja de té, de esas de hojalata. Esteban pensó que un testimonio tan incierto tendría poco peso en un tribunal. Cuando se hubo ido Rosa, le dijo a Corina:

—No sé cómo agradecerle todo lo que hace por nosotros, Corina.

—No lo hago tanto por ustedes, don Esteban. Lo hago más por Felipito, que es como el hijo que nunca tuve.

A Corina le picaba la lengua por decirle lo que sentía. Que habían sido malos padres, que la única que se preocupaba por los sentimientos del niño era ella. Que pese a su ignorancia, desde muy pequeño lo ayudaba en sus tareas, considerando sus logros como propios. Que también se sentía la dueña de sus penas y de sus alegrías y que todas las cosas que sus padres le compraban no alcanzaban a suplir el amor que ella, una humilde sirvienta, le profesaba. Pero se contuvo. El patrón enojado, podía resultar tan ligero de mano como la señora Inés.

Corina en estas últimas semanas había descubierto otra faceta a don Esteban. Una que en los quince años anteriores había sido incapaz de verle. Hasta entonces, le temía y lo asumía como proveedor eficiente, pero distante. En esa casa no faltaba nada más que el afecto que, según ella, debía ser aportado por la señora Inés. Pero la patrona prefería dedicarse a sus amigas, a la peluquería, al gimnasio. ¡Si hasta tenía tiempo para labores sociales en un hogar de ancianos! Podía salir confiada porque para todo lo demás estaba ella, la fiel Corina. Especialmente para encargarse de los hijos. La patrona tenía una gran deuda con los niños, que a Felipe, a la fuerza, le estaba comenzando a pagar.

De regreso en Florianópolis, Roberto le refirió a solas a Raquel la reunión con Esteban. Le narró que, después de la visita y de la discusión, había optado por deshacerse del busto de Beethoven. Los abogados de Esteban podían obtener una orden de allanamiento y encontrarlo en la caja fuerte. Lo había arrojado en un rincón solitario del río Mapocho, en medio de unas zarzamoras, camino a Farellones. Reconoció que las sospechas del vecino lo habían puesto nervioso, pero que estaba más tranquilo porque no había regresado con la policía, como temió en algún momento.

—¿Y qué explicación le diste por andar en cuatro patas por los jardines vecinos? –preguntó Raquel.

Roberto le narró la historia que inventara, a lo que Raquel respondió, molesta:

—No me gusta para nada tu coartada. Con seguridad va a servirte de pretexto para nuevos engaños, que ya me tienen harta. Me desagrada ser el hazmerreír de todo el mundo, así como me disgusta tener que hacerme la huevona, como que no sé de tus enredos con cuanta mujer se te cruza en el camino.

—Mi amor, le juro que sólo se trata de una coartada. Después de lo ocurrido, he decidido dedicarme más a ustedes, que son mi gran preocupación –afirmó él, aunque Raquel creyó ver el cinismo tallado a cincel en su máscara de niño bueno.

El tema de las infidelidades ya no era la causa principal de las discusiones. Raquel, aburrida de los engaños de su marido, prefería hacer la vista gorda a cambio de dos cosas: la tranquilidad económica que transmitía este hombre, exitoso en los negocios, además de una independencia que también incluía amores clandestinos. Claro que los flirteos de ella fueron mucho más discretos. No anduvo vanagloriándose de sus conquistas, como sabía que lo hacía Roberto entre sus amigos y que era el conducto por el que le llegaban las historias a ella. A diferencia de su marido, por ningún motivo quería que los hijos se enteraran de sus aventuras.

Ahora, en Florianópolis y en compañía de su hermana Maritza, se había descuidado un poco, saliendo discretamente con algunos hombres, generalmente más jóvenes que ellas. Al parecer, había despertado algunas sospechas en Cristina, claro que no como para dar cabida a comentarios. Por otra parte, aquí no la conocía nadie y no requería de tanto camuflaje como en Santiago.

Cuando Roberto terminó de referir los hechos, ambos estuvieron de acuerdo en no intranquilizar a Cristina con estas noticias. La niña mostraba una notoria superación en su estado de ánimo y decírselo sólo serviría para que resurgieran las preocupaciones. En el momento oportuno, las pondrían en su conocimiento, sólo si era estrictamente necesario y con el único objetivo de tener los tres un mismo discurso para, en caso de que alguien, policía incluida, preguntase algo. Pero nunca trataron el tema con su hija.

IX

El regreso de vacaciones fue complicado para los Meneses. Raquel buscaba una reemplazante para Lupe, Cristina debía prepararse para volver al colegio y Roberto a enfrentar un año que se anunciaba difícil.

Francisco, que con la desaparición de Lupe de la vida familiar se sentía un poco viudo, viajaría pronto a Concepción para continuar con sus estudios –a vegetar, según su padre— en la universidad. Para que no resultara sorprendido por algún comentario, decidieron narrarle los hechos, pidiéndole la máxima discreción.

Al comienzo reaccionó furioso contra Cristina y, olvidando sus propias conductas, atribuyó todo a su desmedida afición por el trago. Llegó a afirmar que él creía que se estaba prostituyendo para obtener dinero y continuar bebiendo, dichos que provocaron una airada reacción de sus padres y un verdadero ataque histérico en su media hermana. Pero una vez que todos se serenaron y luego de una extensa conversación, recapacitó y pidió perdón, aceptando que todo lo ocurrido se debía a que ella había tratado de defender su virtud, palabra difícil de encontrar en su diccionario personal. Buscando para sí una explicación, se convenció de que el problema lo había causado Felipe por su falta de experiencia. A un zorro avezado como él, no se le hubiera escapado un banquetito como su hermanastra. ¡Lástima que existiera ese lazo familiar! Pronto, olvidado el tema, Francisco volvió a ser el joven que tomaba casi todo a la ligera y para quién la diversión era el motor de su existencia.

Para el resto de la familia Meneses, el trauma mayor fue volver al barrio y a la realidad de la que se habían fugado durante el estío. Porque estaban conscientes de que eso era lo que habían hecho. Los primeros días se mantuvieron ocupados con los ajetreos propios del retorno, aunque se movían con cautela para evitar encuentros con los Gacitúa. Todos, pero sobre todo Cristina, presentían que cualquier conversación o alegato con ellos podría transformarse en un conflicto de consecuencias insospechadas. Por eso, desde el mismo momento del regreso, vivían, actuaban y hablaban a la defensiva, atentos a cualquier situación que pudiera afectarlos.

Lo primero que hizo Cristina al regresar, fue consultar por el estado de Felipe, que seguía hospitalizado en la Clínica Británica, aunque ya no en la UCI. La primera vez que lo vio, quedó muy impactada. Una auxiliar le explicó que sus órganos funcionaban a la perfección, salvo el cerebro, que se negaba a cumplir la mayoría de las funciones que le son propias, como enviar órdenes a las extremidades. Tampoco hablaba y los músculos de otras partes del cuerpo, como los faciales, carecían de reacción. Felipe era un bulto con los ojos abiertos y con un hilo de saliva que le corría desde la comisura de los labios y que la auxiliar limpiaba cada cierto tiempo. A Cristina, cuando lo vio en ese estado, le recordó el domingo trágico en el que su amigo miraba fijo sus pechos y el mismo hilo de saliva le escurría desde la boca.

Casi a diario ella continuó visitando a Felipe junto a algunos de sus compañeros del año anterior. Al observarlo con más calma, más controlada, dimensionó mejor el estado lastimoso en que se encontraba.

Una de esas visitas fue especialmente fugaz, porque pronto llegó el tío Esteban y con sólo cruzar las miradas, sintió un escalofrío que la recorría. Esos ojos cargados de una mezcla entre ira y odio, hicieron evidente que no era bienvenida. Discreta, prefirió abandonar la habitación y esperar fuera de la clínica a sus compañeros. Cuando le preguntaron por qué había salido de la pieza, dijo que la entristecía mucho ver la cara de desaliento del papá de Felipe. Decidió que sus próximas visitas serían breves para evitar encuentros con el tío Esteban. La presencia de la tía Inés no la complicaba tanto. Ella estaba como en otra dimensión y ni siquiera se percataba de quienes acompañaban a su hijo. Claro que de repente y sin motivo, comenzaba a insultar a quien se le pusiera por delante. Por todo lo que veía, se retiraba muy afectada. Ni en sus más negros pensamientos imaginó encontrarse con ese cuerpo inútil, postrado en un catre clínico, que movía los ojos como una muñeca, en vanos intentos por dejarlos fijos en aquellos que lo rodeaban. Cuando evocaba al apuesto muchacho al que ella había sido la última en ver de pie, se entristecía. Este Felipe era un burdo retrato, como pintado por Picasso.

Durante una de sus visitas a la Clínica, mientras leía sentada en un rincón, entraron a la habitación dos médicos. Les escuchó decir que, analizando los últimos exámenes de Felipe, se concluía que conservaba una actividad cerebral difícil de cuantificar. Lo examinaron por largo rato, levantándole los párpados, midiendo algunos reflejos con una luz y con leves golpes en distintas partes del cuerpo. Cuando se hubieron retirado,

Cristina, testigo de todo, quedó mirando fijamente a los ojos de Felipe. Le pareció ver un destello de inteligencia, algo remoto que le indicaba que su amigo quería comunicar algo, pero con gente entrando y saliendo, le resultó difícil acercarse para intentar algún contacto.

El deterioro de la tía Inés se evidenciaba día a día. Delgada como un espárrago, despeinada, con ropa que le quedaba grande y que parecía no cambiarse en días, era muy lejana a la mujer preocupada del gimnasio, de ir a la peluquería y de mantenerse siempre de punta en blanco. Parecía otra tía Inés. Más vieja, más fea y sus ojos no brillaban como antes. Era como una vela muy usada cuya llama se extinguía, consumiéndola desde adentro. Además, hablaba sólo incoherencias o groserías, mientras hacía girar entre sus dedos un rosario al que ya le faltaban cuentas de tanto manosearlo.

Su comportamiento había llegado a tales extremos que, para evitarles malos ratos a los visitantes, Esteban les recomendaba que vistieran ropas de colores. Bastaba con que viera a alguien de blanco para que de inmediato lo acosara con preguntas sin sentido. Si las respuestas no le resultaban satisfactorias, lo que ocurría con frecuencia, otro rosario, pero de insultos, cubría al interlocutor.

Al tío Esteban se le notaba menos la tragedia, aunque se le habían multiplicado las canas y el semblante le había cambiado. Su rostro había mutado desde el aire festivo, ese que lo hacía parecer siempre contento, en una mueca de permanente disgusto.

Regresar de estas visitas dejaba a Cristina con un sabor amargo. Después de ellas y cada vez con mayor intensidad, terminaba con la terrible sensación de ser la gran causante de todos los dramas. Con Felipe en ese estado, resultaba difícil, casi imposible, endosarle la responsabilidad por lo ocurrido y más aún mantener el discurso, que intentaba grabar a fuego en su cabeza, justificándose con que había actuado así defendiendo su virtud. Casi siempre terminaba en severas autocríticas que, sin percatarse, permitían que la adolescente mimada le dejara su espacio a la mujer.

Porque su escala de valores cambió, no le resultó tan terrible regresar a clases con los alumnos que el año anterior cursaban el nivel inferior. Decidida a estudiar y a recuperar, aunque fuera en parte, el tiempo perdido en su año de juerga, no tomó mucho contacto con ellos. Ahora tenía muy claro que existían problemas más graves y que la mayoría se los buscaba uno mismo. Su nueva vida giraba en torno a los libros, al voleibol y, cuando podía, a las visitas a Felipe, aunque durante los recreos se seguía juntando con sus amigos del año anterior, especialmente con Juan Carlos, que sin ser su pololo, lo consideraba su mejor amigo. Por alguna razón que Cristina desconocía pero que pronto averiguó, Juan Carlos ya no la acosaba como en el año anterior. Durante el verano conoció a una niña de otro colegio y en cuanto salía de clases, corría a reunirse con ella. Estaba enamorado.

A Cristina, para quién esta situación antes hubiese sido una afrenta dolorosa, ahora no le importó mucho. En el fondo, era un alivio. Sus prioridades eran otras y ya el muchacho no le quitaba el sueño. En todo caso, algo le decía que ese nuevo amor sería pasajero y que pronto volvería a su lado, junto con los acosos. Si eso ocurría, bienvenido, pero sin otorgarle concesiones, porque, aunque pareciera anticuado, había decidido conservar su virginidad hasta encontrar un amor al que efectivamente valiera la pena entregársela. Quizás eso no ocurriera nunca, pero necesitaba evitar que la tragedia de Felipe fuese en vano.

Como Juan Carlos partía de inmediato donde su nueva conquista, a Cristina no le era fácil conseguir compañía para ir a la Clínica Británica. Estando sola, temía un encuentro con el tío Esteban, en el que, cara a cara, le hiciera preguntas que podían llevarla a hablar y finalmente a inculparse. Aunque a veces pensaba que preferiría decir la verdad y zafarse de una vez por todas de éste peso gigante que la abrumaba cada día más.

En mayo trasladaron a Felipe a su casa. Para entonces, el tío Esteban ya había abandonado el hogar junto con Isabel, aunque visitaba casi todos los días a su hijo. Cristina no tardó en percatarse de los horarios en los que podía encontrarse con el enfermo sin la presencia de su padre, pero se topó con un escollo mayor: Corina. La nana cuidaba al niño como si se tratase de una joya intocable. A Cristina le parecía que su preocupación iba más allá de lo razonable, obligando a los amigos a descalzarse y a ponerse máscaras desechables en cada visita. Además, cada cierto tiempo, los obligaba a abandonar la habitación, para desinfectarla:

—Este niño está muy débil, no vaya a ser cosa que le peguen algún bicho de los que ustedes traen de la calle –argumentaba la sirvienta.

Aunque sin duda que a quién le ponía más mala cara era a Cristina. La muchacha sentía el rechazo, pero su compromiso con Felipe era tan fuerte, que no lo podía abandonar. Pensaba que ese destino ingrato los había unido para siempre. Casi como si fueran marido y mujer. A veces discurría que estaba obligada a asumir el tema de su amigo como un apostolado; dedicar su vida a cuidarlo, compensando el drama generado. Pero después de un rato, regresaban a su mente las justificaciones y nuevamente le endosaba, si no toda, al menos una gran parte de la responsabilidad al inválido.

Raquel había conseguido una nueva sirvienta, Perla, una muchacha muy bonita, por lo que no duró mucho. Pronto observó que Francisco dilataba su partida al sur o que, con cualquier pretexto, regresaba demasiado pronto. Mujer acostumbrada a percatarse de las infidelidades de su esposo, a oír sin escuchar explicaciones difíciles de defender, vio que con demasiado afán el hijastro inventaba excusas para quedarse en casa a solas con la mucama. Además, conociendo la afición de Roberto por las jovencitas, no descartó que él también anduviera de cacería dentro del hogar. Raquel se consideraba una mujer fogueada como para que le contaran cuentos y, aunque había hecho la vista gorda con lo de Lupe y Francisco, rogando al cielo para que la sirvienta no quedara embarazada, resolvió que no quería traer nuevos problemas a ese hogar. Bastaba con el que debían enfrentar juntos. Despidió a Perla antes del invierno. Lo lamentó mucho, porque no era una mala empleada y se avenía bien con Cristina, que estaba muy extraña después del regreso de vacaciones. Pero conflictos familiares por una mucama hermosa, era lo último que deseaba Raquel en ese momento.

Todos protestaron por tener que hacer cosas a las que no estaban acostumbrados. Raquel justificó su decisión argumentando que la muchacha no fue capaz de responder a los requerimientos de la familia. La mirada que le dio a Francisco lo hizo comprender de inmediato que con "requerimientos de la familia" no se refería a la satisfacción de sus apetitos sexuales.

Durante dos meses el aseo se hizo por turnos y mal, la comida, para evitar ingerirla recocida, cruda o quemada, se compraba preparada, pero aun así el desorden campeaba en ese hogar. Hasta que llegó María, una mujer mayor, ya abuela, que no viviría con ellos. Terminado el trabajo, regresaba a su casa. Esto le agradó a los Meneses que ahora podrían conversar tranquilos, sin cuchicheos y sin tener que salir de casa para comentar sobre el estado de Felipe.

Quizás porque consideró que no era el momento para ser sorprendido en nuevos desvaríos románticos, Roberto comenzó a regresar temprano, dedicándole a su mujer y a su hija un tiempo que desde hacía mucho les debía. Salían al cine, de compras o para tomar un refrigerio, convirtiéndose en una postal habitual verlos juntos. Un espectáculo curioso poco tiempo antes.

A Raquel no le quedó otro camino que imitarlo y seguir la senda de fidelidad que marcaba su esposo. Nunca había sentido una necesidad imperiosa de buscar amores clandestinos. Lo hacía por despecho, sólo para darle a entender a Roberto que él no le resultaba imprescindible y para ensalzar su ego porque, pese al paso de los años, creía que conservaba atractivos que la hacían apetecible para los hombres. Pero como ponía tanto empeño por mantener sus aventuras en tinieblas, aparentemente él nunca se enteró. O por lo menos, se hizo el idiota, lo que según ella, era su especialidad.

Ya bien entrado el otoño, una tarde Roberto fue sorprendido en su oficina por la visita del inspector Ramiro Cisternas, con quién se debían algunos favorcillos. El policía le anticipó que lo visitaba en secreto, sin conocimiento de sus superiores, para comunicarle que entre los sospechosos del ataque a Felipe Gacitúa, figuraban él y su hija Cristina. Roberto regresó muy excitado al hogar.

En el comedor de la casa, los tres Meneses, expectantes, leyeron las fotocopias contenidas en una carpeta entregada por Cisternas a Esteban. En su portada se leía:

ASALTO CON LESIONES GRAVÍSIMAS EN
LA PERSONA DEL SEÑOR FELIPE GACITUA

Entre la cháchara administrativa propia de estos escritos, el informe señalaba que Felipe había sido golpeado con fuerza durante un asalto, resultando con heridas severas que lo mantenían en estado vegetal.

La hipótesis que barajaban decía que la tarde de ese domingo de diciembre, Roberto Meneses había salido en busca de su hija Cristina, fugada desde su domicilio. Aprovechando que sus padres dormían la siesta, la niña se dirigió a la casa de su amigo Felipe Gacitúa, presumiblemente en busca de alcohol para continuar bebiendo, afición conocida por sus cercanos. Agregaba que el sospechoso habría sorprendido a los jóvenes a punto de realizar el acto sexual y que, fuera de sí, golpeó varias veces la cabeza del muchacho con una figura de bronce, con la figura de Ludwig van Beethoven, de unos veinte centímetros y un peso estimado de dos kilos, causándole contusiones cerebrales que lo dejaron en estado vegetal, como se acredita con exámenes médicos. Lo del acto sexual se deducía por el semen que tenía el muchacho en su zona genital y en los muslos y que los médicos identificaron como proveniente de una eyaculación precoz, ocasionada por el golpe. El informe añadía que no presentaba lesiones anales atribuibles a una agresión homosexual. También señalaba que no hubo testigos del hecho y que la única que habría visto al sospechoso Roberto Meneses recogiendo un objeto contundente del suelo, de características similares al descrito, era una sirvienta del sector, de nombre Rosa Huaracán. Original de Angol, al domingo subsiguiente, luego de salir con su día libre, no regresó jamás a la casa en la que prestaba servicios. Debido a eso sólo pudo ser entrevistada en una oportunidad, entregando informes algo contradictorios por el estado de nerviosismo que le produjo la presencia policial. Su búsqueda estaba encargada a las distintas unidades del país, sin que hasta el momento se pudiera dar con su paradero. Tampoco había podido ser ubicado el objeto metálico, presunta arma utilizada en el hecho.

La causa se complicaba porque Corina González, sirvienta de la casa de la familia Gacitúa, el día de los hechos procedió a efectuar un exhaustivo aseo de la habitación en la que se encontró el cuerpo del agredido, borrando la totalidad de las posibles huellas. Esto la convirtió en la principal sospechosa, descartándose, después de extensos interrogatorios, su participación. Quedó establecido que a la hora de la ocurrencia, ella se encontraba haciendo uso de su tarde dominical libre, en compañía de su amiga Micaela San Martín que ratificó los dichos. Sólo restaba establecer si con su proceder ameritaba un juicio por presunta obstaculización a la justicia o por complicidad involuntaria.

Durante la reunión en la que Cisternas le entregó a Roberto la carpeta, le dijo:

—Don Roberto, hace bastante tiempo que esta carpeta está en mi poder, con orden de detenerlos y llevarlos al cuartel para un interrogatorio. Pero como lo conozco tanto y he tenido mucho trabajo, he priorizado otras causas, manteniéndola, digamos, "traspapelada", así entre comillas, para evitarle malos ratos a usted y a su familia. Pero ya no puedo continuar así. Por lo menos una vez al mes estoy obligado a ingresar en el sistema los avances logrados y hasta ahora los he inventado. Y usted sabe, si me pillan.

—Mire Inspector Cisternas, tal como le dije, soy inocente de todo lo que ahí se me imputa. Es más, hace ya muchos años que no visito la casa de los Gacitúa…

—El problema, don Roberto, es que se acerca una auditoría interna, además que don Esteban Gacitúa, padre del afectado, anda en la jefatura exigiendo resultados. Temo por mi trabajo y no puedo postergar más las diligencias del caso y eso me obliga a llevarlo al cuartel a un interrogatorio. Y dependiendo de sus respuestas, quizás debería pasarlos al tribunal donde el juez decide. Claro que siempre estará la posibilidad de involucrar a otros colegas, pero, usted sabe, habría que compensarlos por los riesgos que asumen. Usted, como comerciante, sabe que nadie se moja por bolitas de dulce.

Roberto reafirmó una y otra vez su inocencia y para demostrarlo, le relató al Inspector su fantasía amorosa como coartada. El policía se la habría creído:

—¿Qué te dijo? —preguntó Raquel, sin disimular la molestia que la famosa excusa de su marido le causaba.

—Mejor que no lo sepas, Raquel.

Para no incrementar el enojo de ella, Roberto omitió repetirle lo que Cisternas le había dicho:

—¡Ahí tenemos la salida pues, don Roberto! Yo interrogo a la dama que lo acompañaba ese día y agrego esa entrevista como parte del proceso. Es posible que, en ese momento, usted quede exonerado de toda culpa. Dígame dónde encontrarla y deje todo en mis manos. Con ese testimonio, podría salir libre de polvo y paja.

—Prefiero que no, inspector. ¿Se da cuenta de que si mi mujer llega a tener acceso a eso me puede costar el matrimonio? Prefiero no correr el riesgo.

—Entonces, don Esteban, la única salida que le veo al problema, sin llevármelo detenido junto a su hija, es comprando algunos favores. Yo creo que con un millón de pesos para empezar, que no está de más decirle que no son para mí, le pagaríamos a algunos conocidos de otras secciones de mi institución. Podríamos conseguir que desapareciera la carpeta original o ingresar en el sistema información falsa para despistar. Yo estoy obligado a traspasar la causa. Sin resultados durante tanto tiempo, no la puedo seguir conservando. No quiero asustarlo, pero mientras esté abierta, existirá la posibilidad de que vengan por usted o por su hija para interrogarlos. Y no lo harán con el afán amistoso que me mueve a mí porque, usted sabe, yo lo conozco hace tantos años…

Roberto pensó que Cisternas había subido mucho la puntería. Antes se conformaba con una botella de whisky. De todos modos le explicó que en ese momento no contaba con la cantidad, comprometiéndose a llamar dentro de la semana. Hizo hincapié en que estaba dispuesto a pagar sólo por evitarle complicaciones a su hija o interferencias en sus negocios, pero que la famosa hipótesis era incorrecta de punta a cabo.

En el cónclave familiar, los Meneses decidieron dilatar al máximo el pago, aunque a Raquel continuaba molestándole la coartada de su marido, pero prefirió hacer la vista gorda en beneficio del bien superior, que era terminar de una vez por todas con esta pesadilla. Además, el comportamiento del último tiempo le permitía pensar con optimismo que Roberto, efectivamente había abandonado las aventuras clandestinas.

Buscándole todas las aristas al problema, para Roberto existían varias posibilidades:

Una, podría ser que Cisternas fuese un señuelo pagado por Esteban para que ellos aceptaran su culpa. Otra, que el policía recibiera el dinero y jamás hiciera desaparecer la carpeta, y la causa continuaría zumbando en sus oídos como zancudo en la noche. También podía ocurrir que modificara superficialmente alguna información y que la causa reapareciera en poco tiempo, junto con los problemas y el chantaje. Por último, y que era lo que a Roberto le parecía más peligroso, estaba el temor a que este policía considerara el pago una debilidad y continuase con su extorsión convirtiéndose en un tonel sin fondo. Por algo le había dicho "un millón de pesos, para empezar", pero no le dijo cuándo iba a terminar.

Lamentablemente, en ese momento Cisternas tenía el control de la situación y por más que Roberto alegara inocencia, podría hacerlos pasar un muy mal rato y meterlos en la cárcel. Si un millón de pesos podía comprar la tranquilidad, ok, porque la opción era continuar pagando abogados que costaban bastante más. Pero no podían echar en saco roto las demás posibilidades, todas peligrosas.

La situación de los Meneses parecía una pesadilla sin fin. Al ver a ambas mujeres en ese lamentable estado de ánimo, Roberto decidió narrarles un episodio vivido durante su infancia:

—Cuando yo era pequeño, mi padre trabajaba conduciendo un camión repartidor de vinos para una viña de la que era socio minoritario. Al regresar una tarde a la bodega, fue interceptado por dos policías que lo acusaron de atropellar y dar muerte a una anciana, no muy lejos del sitio donde lo detuvieron. Mi viejo aseguraba que no había cometido el hecho, pero los policías insistieron en que algunos testigos lo habían visto, declarando que él se había dado a la fuga. Para no registrar el suceso, que le hubiese significado un largo juicio, la suspensión de la licencia de conducir o hasta un período indefinido en la cárcel, lo que lo dejaba sin trabajo, le exigieron una cantidad de dinero enorme para nosotros. El viejo, sintiéndose acorralado, con esfuerzo la juntó y pagó. Durante meses recibió la visita de estos policías corruptos que exigían el dinero por mantener "traspapelada" la causa, dejándonos en una situación tan precaria, que apenas alcanzaba para comer. Las deudas se acumulaban, la luz y el agua nos la interrumpían por no pagarlas. Hasta que mi madre, desesperada, acudió a un primo oficial de ejército y le explicó la situación. Durante muchas tardes, otros policías, enviados por mi tío, montaron guardia en la bodega de vinos, hasta que sorprendieron a los sinvergüenzas cometiendo la extorsión y se los llevaron detenidos. A mi padre nunca más lo molestaron. Como pueden ver, parecidas, las historias se repiten. Ojalá que la nuestra tenga también un buen final.

En el desvelo de esa noche, Raquel recordó que uno de sus romances clandestinos había sido con un alto funcionario de la policía. Decidió que al día siguiente acudiría a él, al precio que fuera, para intentar darle un corte al problema.

Salvo estos episodios esporádicos, la monotonía se adueñó de la vida de los Meneses. Opacados por los problemas, divertirse pasó a un segundo plano y la rutina se convirtió en norma de vida. Cristina, olvidada por completo de sus salidas de fin de semana, decía que estaba castigada cuando sus amigos la invitaban. Optó por priorizar sus estudios, asistiendo incluso a las clases de ciencias con el mismo profesor Ubilla, que el año anterior la acosara, pero que ahora, quizás por su cambio de conducta, la dejó en paz. También participaba en todos los entrenamientos de voleibol. Intentaba volcar en el deporte esas contradicciones que enmarañaban su extraña adolescencia. Mientras jugaba, se olvidaba de Felipe, de sus padres y de todo el mundo. Sólo le preocupaba remachar fuerte, como botando en cada golpe toda la rabia, la impotencia y el arrepentimiento que anidaba en su interior.

Los días en que jugaba fuera de Santiago, por supuesto que no visitaba a Felipe, pero buscaba cada minuto disponible para concurrir a la casa de su amigo, aunque Corina le pusiera cara de perro cuando ella se encerraba con él. Salía sólo cuando calculaba que estaba por aparecer el tío Esteban.

El hallazgo que había hecho y en el que trabajaba en secreto, era demasiado importante como para postergarlo por la mala actitud de una sirvienta. Hacia finales de ese año, cuando tuvo la certeza de no estar haciendo el ridículo, llamó a Corina.

X

Después de muchos exámenes, la ciencia médica estaba en condiciones de asegurar que la mente de Felipe, ajena al calvario de su cuerpo y a las apariencias externas, permanecía activa. Sinapsis infatigables continuaban ocurriendo entre sus neuronas, llenando ese cráneo de pensamientos que quedaban encapsulados. Pero la medicina, pese a toda la tecnología disponible, no tenía acceso a ellos ni conocía la forma de sacarlos a la luz. Sin embargo, el joven percibía con claridad su entorno y en su cerebro giraba este cúmulo de sensaciones contradictorias:

"Perdí la noción del tiempo. No sé si transcurrieron uno, diez o mil años desde que caí cautivo en esta esfera ósea. El golpe que me propinó Cristina me partió literalmente en dos. Arriba, mi cabeza funciona relativamente bien. Veo claro, escucho bastante, aunque no hablo. Ni una palabra, parece que no emito ni siquiera un quejido. Nada. Tampoco sé si mis músculos faciales reflejan mis estados de ánimo, pues nadie me ha puesto frente a un espejo como para saberlo; pero supongo que no, porque si alguien pudiera leer algo en mis facciones, yo ya lo hubiese notado".

"También supongo —porque desde ese día vivo en el planeta de las suposiciones —que creen que no escucho, pues conversan de todo en mi presencia. Eso me ha permitido conocer, en segmentos, como piezas de un rompecabezas, lo que le ha pasado a mi cuerpo. Igual me desespera no poder preguntar qué va a ser de mi vida o por qué me van a hacer tal cosa o con qué fin me aplicarán un determinado tratamiento. Mientras estuve en la clínica, luego en las visitas domiciliarias y cuando regreso allá para los controles, he escuchado de cada médico su opinión y como todos emiten una distinta, estoy confundido. ¿Estaré condenado para siempre a la silla de ruedas, a la inmovilidad, a comer papillas suministradas por terceros, vale decir, por la Corina? Parece que sí".

"A uno de los doctores le escuché explicarle a mi papá que el golpe que me dio la Cristina en el lóbulo parietal izquierdo es, junto a un shock emocional, el causante de mi afasia, mudez para los no entendidos en medicina, de la que podría recuperarme algo, después de un largo tratamiento con un especialista. Pero también escuché que los impactos que recibí en la nuca, dañaron de tal manera parte de mi cerebelo y de mi médula espinal, que consiguieron aislar casi por completo la cabeza de la parte inferior del cuerpo. Las operaciones sólo lograron remediar un poco, muy poco, esta situación. No sé si por suerte, pero no se interrumpieron los impulsos que hacen latir mi corazón, funcionar mis pulmones y mis órganos en general. Si así hubiese sido, ya estaría muerto. Quizás más adelante podrían volver a intervenirme para mejorar algunos aspectos, pero por el momento, debo conformarme con estar vivo, que tal vez no sea lo mejor para mí".

"Del cuello para abajo no sirvo para nada. Mis extremidades son como ramas secas de un árbol y mis órganos actúan como el estanque de combustible que permite a mi cerebro continuar funcionando. Pienso que el cerebro es tan especial, que ha dejado sólo operativas las funciones que le permiten a él seguir actuando. Suena como increíble, pero mis deducciones —que no son mías, sino que de mi cerebro —me llevan a pensar eso".

"Ahora último, y después de un prolongado tratamiento kinesiológico iniciado en la clínica y que continúa en mi casa, de las manos de una mujer regordeta que parece una tía alemana, que casi no habla, que me masajea y da vueltas de un lado a otro sobre la camilla, como si yo fuera la carne de un asado, consigo mover el codo de mi brazo derecho –paradójico, porque yo era zurdo– y acerco entre sí mis dedos índice y pulgar de la misma mano, como pinzas. Me han puesto un lápiz entre esos dedos y he conseguido trazar algunas rayas sobre un papel. Mientras mi madre reza el rosario, tal vez agradeciendo el progreso, la kinesióloga y la Corina se han mostrado felices de mis avances, aunque yo me siento como un hombre de la edad de piedra, que por primera vez consigue sostener un cincel para tallar sobre la roca de la caverna, la imagen de su presa de caza".

"Y aquí estoy, postrado, como un mueble. No sé cuánto tiempo ha transcurrido desde que me enviaron de regreso a casa. Ya estaba harto de la clínica, de sus olores a medicamentos y a desinfectantes. Harto de los delantales blancos, de las comidas parduzcas con color de cadáver. Harto de sueros, jeringas y agujas".

"Desde el momento en que escuché a los médicos mencionar en el estado en que iba a quedar, sólo quería morirme. Lo que más reprocho a Cristina es que hizo el trabajo a medias. Debió terminar conmigo en ese momento y no dejarme muerto en vida. Cuando alguna vez escuché decir que alguien, después de un accidente automovilístico, quedaba en estado vegetal, no me imaginaba cuan literal podía ser la expresión. Ahora lo sé. Creo que si un perro se para a mi lado, me mearía la pierna pensando que es el tronco de un arbusto".

"Y aquí en casa estoy aburrido con todo y de todos, especialmente de mi madre, que está loca. Al principio se esmeraba por atenderme, al extremo de atosigarme con cuidados, como si quisiera ponerse al día en sus afectos postergados. Claro que me hablaba incoherencias, que yo poco y nada le entendía. Ahora se pasa el día con un rosario en una mano y dándole órdenes a la Corina, la mayoría de las veces de malos modos, intercalando insultos innecesarios, porque ocurre que la pobre, intentando evitarse los disgustos, ya ha hecho aquello que mi madre le ordena a puteadas".

"Pobre Corina; desde que nací ha tenido que oler la mierda de mis pañales y aún lo tiene que seguir haciendo. Quizás hasta siempre".

"Cuando desperté del estado de coma, me asombró ver cómo había envejecido mi madre. Como dije, perdí la noción del tiempo, pero ella, antes del problema, tenía algo más de cuarenta y ahora quién la ve, no le echa menos de setenta. Y no llevo tanto tiempo postrado. Por lo menos, mis compañeros de colegio aun visten uniformes".

"En una conversación entre la Corina y mi padre, en mi presencia, creyendo que yo no los escuchaba, comentaron que sospechan que el papá de la Cristina me hizo esto. Ellos piensan que el tío Roberto salió en busca de su hija fugada y la encontró fornicando conmigo en el escritorio. Porque también dijeron que tenía semen en mis piernas. Pero no alcancé a penetrarla; me pegó antes y parece que con el golpe me fui cortado. ¡Si seré cagón, ni siquiera eso hice bien... ¡Y yo que la imaginé tan fácil!"

"Ellos sacan sus conclusiones. Piensan que el tío fue quién me pegó con el busto de Beethoven. Yo no supe con qué me golpeó la Cristina, porque de inmediato perdí el conocimiento y no lo recuperé hasta quizás cuantos días después, pero es casi seguro que usó el busto del sordo. Era eso o la lámpara, lo único que tenía a mano. Yo tengo muy claro que el papá de Cristina es inocente y su intento por ocultar la cagada que se mandó su hija, es hasta natural. Yo actuaría igual frente a una situación semejante. Aunque eso nunca ocurrirá, porque no creo que pueda reproducirme. Así como estoy, quizás la única posibilidad sería que me ocuparan como donante para una inseminación artificial. ¡Y a ver si de esa forma sirvo! Porque ni siquiera sé si todavía se me para".

"No le guardo rencor a la Cristina. Ella sólo se defendió de mi agresión cuando fui incapaz de controlarme. Nunca me había ocurrido, pero frente a esas tetas perdí toda mi cordura. Claro que era la primera vez que tenía unas en vivo frente a mis ojos y al alcance de la mano. Antes había conocido puras tetas virtuales, de las minas que aparecen en los sitios porno".

"Ahora, que me parece que el castigo fue demasiado, es cierto, fue demasiado. Desesperada, ella no midió sus fuerzas. Ahí se notó que, pese a su afición por el copete, continuaba estando bien entrenada para los remaches del volei".

"Mi papi ha envejecido, pero se le nota menos que a mi mamá, aunque ya no le queda casi ningún pelo negro y nada de ese hombre jovial que me abrió el mundo de los libros y de la música clásica; que me sacaba de excursión cuando era pequeño para que tomara contacto con la naturaleza y sus maravillas, mientras cazábamos bichos para completar el insectario. Su espalda se ha doblado, quizás con el peso de los problemas, que en un porcentaje importante han sido culpa mía. Parece que ya no vive con nosotros, aunque me visita casi a diario. Es que viéndome así debo resultar deprimente para cualquiera, en especial para él, que se deshace por mi bienestar. Y como mi vieja está tan extraña, habla puras leseras, no sería raro que, aburrido con tantos problemas, se hubiese ido de la casa. A ella la he escuchado gritar sartas de groserías y parece que se las dirige a él y a la Corina. Nunca lo ha hecho en mi presencia, aunque desde que regresé a casa, jamás han estado mis padres juntos a mi lado. Cuando mi viejo llega, mi mamá desaparece misteriosamente. Tampoco veo mucho a mi hermana, pero durante su última visita pude observar que ya está convertida en una hermosa señorita. Ojalá el porvenir, que ha sido esquivo conmigo, o mejor dicho, que ya desapareció de mi vida, le sonría a ella. Escuché decir que está viviendo con mi abuela porque le ha tomado distancia a mi madre. Yo creo que la odia. ¡Es que la trataba tan mal en el último tiempo! En realidad, más que tratarla mal, la ignoraba. Actuaba como si Isabel no existiera. Cuando mi hermana entraba en mi habitación para saludarme, mi vieja se ponía a cantar o se interponía entre ella y yo, marginándola. Como si fuera portadora de alguna peste y no quisiera que se acercara a mi lado. Isabel es otra víctima inocente del desaguisado".

"¡Tremenda cagada que dejé por califa, por quererme pegar el primer polvo de mi vida! Y más encima, fallé. Continúo virgen, con mi hogar destruido, una madre trastornada y mi viejo con una deuda enorme. Escuché decir que la clínica costó varios millones lo que lo ha obligado a vender parte del campo y otras cosas para poder pagar. Mi padre tiene plata, pero no es cosa de andarla malgastando en una… ¿persona? ¿Merezco el trato de "persona", en las condiciones en que me encuentro? Creo que no. Con suerte podrían decirme "ente" porque sólo sirvo para pensar, pero nadie lo sabe. Y pienso puras huevadas. Malgasto mis neuronas en leseras, porque inválido no puedo hacer nada útil. Si por lo menos pudiera funcionar como Stephen Hawking, aunque la esclerosis de él fue paulatina, no de golpe y porrazo como lo mío. Si lograra comunicarme como él, a través del computador, sería feliz. Y lo creo posible. Con lo poco que logro mover mis dedos, bien podría trabajar en una pantalla táctil. Pienso que poco a poco dominaré mis movimientos para hacerlos más certeros, pero requiero de un buen computador y de alguien que descubra mis habilidades. Hasta ahora, nadie se ha dado cuenta de que los garabatos que dibujo intentan ser mensajes en morse".

"También puedo leer, pero ¿quién lo sabe? Si alguien me sostuviera el libro mientras lo hago, pero tendría que inventar un modo de avisar para que dieran vuelta la hoja. Como puedo mover mis dedos un poquito, sería posible enviar una señal. En todo caso, es una molestia pasarse el día frente a un lisiado, esperando la señal para cambiar de página. Yo no lo haría por otro. Cuando era dueño de mí mismo, la impaciencia me corroía, quería hacerlo todo ya, y que los que me rodeaban giraran en torno a mis inquietudes y a mí ritmo. De alguna manera lo logré. Mi papá y la Corina, sobre todo ella, viven pendientes de mí, pero ahora que no sirvo para nada".

"A veces la Corina me sienta frente a la tele y veo los programas que le gustan a ella, que pasa gran parte de su tiempo a mi lado. Y ahí leo los diálogos de las películas o escucho las leseras que dicen en las teleseries. Pero la Corina no se da cuenta; para ella yo estoy pintado como un mono. Cuando hace el aseo, traslada la silla de ruedas en la que transcurre la mitad de mi existencia –la otra mitad es en la cama– de un lado para otro, como si fuera un velador. Me ha dejado vuelto para la muralla por horas. Termino reconociendo hasta las cacas de las moscas, mientras ella pasa la aspiradora. No se le ocurre que podría quedar mirando por la ventana hacia la calle o sacarme al jardín. Es que ni ella ni nadie, piensa que yo percibo todo lo que pasa a mí alrededor. A veces estoy entretenido viendo una película de acción, llega la Corina y la cambia o simplemente apaga la tele, pensando que yo estoy ausente".

"¡Y yo estoy ahí, ahí, a su lado, escuchándolo todo y viéndolo todo! Pero me ignoran… ¡Es desesperante! Siento unos tremendos deseos de llorar, de gritar, pero no puedo, lo que incrementa aún más mi angustia. La sensación de impotencia es tan inmensa… Si sólo pudiera suicidarme. La Corina, como presintiendo mi estado de ánimo, me acaricia la cabeza y me dice unas palabras cariñosas, jurando que no las oigo. Aunque a veces tiene actitudes que me hacen pensar que intuye algo, pero no pasa de eso".

"Varios compañeros me han visitado. Me molesta la cara de lástima con que llegan. A ninguno de los idiotas, que se creen tan inteligentes, se les ocurre pensar que puedo escuchar, que me podrían contar los acontecimientos del colegio, los últimos chismes y chistes mientras yo, aunque pasivo, estaría feliz. Me gustaría verlos reírse con ganas. Conversan entre ellos en voz baja, se echan tallas, que escucho complacido, riéndose como para adentro, pero me miran de reojo, como sintiéndose culpables o como si yo fuera una pieza de museo. Creo que se comportarían igual que frente a la tumba de Tutankamón. La culpa la tiene un poco la Corina, que los amenaza con echarlos si meten bulla cuando están conmigo. Al final, aburridos, se marchan y me dejan solo. Me gustaría verlos actuar igual como en los recreos del colegio, pero mientras mi nana no se percate de mi situación, estoy condenado al ostracismo. Yo, que era alegre, bromista, no puedo interactuar con ellos. Cuando se van, quedo alterado. Aunque no lo percibo, imagino a mi corazón latiendo a full".

XI

Transcurrido ocho meses desde el triste episodio, a Corina le fastidiaban las visitas casi diarias de la Cristina. La sirvienta hizo propia la versión de don Esteban, afirmando que, por defender a su hija, que vino a provocar sexualmente a Felipito, don Roberto lo había golpeado hasta casi matarlo.

Al comienzo, intentar sorprender a don Roberto en alguna mentira, en alguna contradicción, mediante llamados o visitas intempestivas, se convirtió en una obsesión para don Esteban, pero el vecino había logrado siempre escabullirse. Lo mismo había ocurrido con la señorita. Sus padres la blindaban o la suerte la acompañaba porque, por más empeño que su patrón le ponía, no lograba toparse con ella para interrogarla. Don Esteban intuía que la muchacha tenía respuestas al acertijo que lo atormentaba. Y para peor, desde hacía un par de meses, la señorita Cristina llegaba casi a diario para ver a su niño. No podía ser casualidad que siempre apareciera justo cuando no estaba don Esteban. De seguro lo espiaba o, como ya le conocía los horarios… ¡Qué desfachatez la de esa niña! Sus visitas le parecían una burla.

Con el agravamiento de la señora Inés –estaba cada día más loca la pobre –el patrón acumulaba tantas preocupaciones, que poco a poco había ido postergando el seguimiento a los vecinos. Ya casi ni se acordaba de ellos, sobre todo después de que también le fallara al patrón la trampa que intentó ponerle, ayudado por un policía de apellido Cisternas. De común acuerdo con don Esteban, este policía amenazó al vecino con una carpeta conteniendo una causa inventada, fiel a la teoría enunciada por él.

El patrón le contó a Corina que se había reunido con el tal Cisternas, que le conocía a don Roberto algunas trampas comerciales, y que juntos redactaron un expediente falso para intimidarlo y obligarlo a reconocer su culpa. Si esperaban que don Roberto se delatara, fracasaron, porque lo había negado todo. Lo más extraño fue que, poco después, el policía fue trasladado al extremo norte del país, mientras misteriosamente desaparecían todos los antecedentes de la causa.

Don Esteban le narró a la sirvienta que Cisternas, antes de viajar a su nuevo destino, lo visitó muy afligido para decirle que no se podía explicar cómo, de la noche a la mañana, todos los datos reunidos habían desaparecido. No sólo se perdieron las carpetas, sino que, además, se borró todo del sistema. Al parecer, la suerte, aunque con mayor probabilidad una mano negra, había ayudado a los Meneses. A Corina le indignaba esta situación. Ella, que se esmeró por conseguir información con la que suponía acorralados a los agresores de su niño, veía cómo de una plumada desaparecía todo. Decepcionada, le había ofrecido a don Esteban rehacer su investigación conversando de nuevo con las sirvientas del barrio, pero ya no contaba con su principal informante. La Rosa había salido un domingo, justo después de la reunión con don

Esteban, sin regresar jamás a la casa de sus patrones. Acompañada por la Micaela, conversaron con varias chiquillas del sector, por si acaso la Rosa dejara alguna pista de lo que pensaba hacer con su vida, pero nadie sabía nada. Se había esfumado. La policía la había buscado hasta en Angol, donde la familia puso una denuncia por presunta desgracia, pero todo sin resultados. A Corina le parecía que eran demasiadas coincidencias, como si Dios hubiese tomado partido a favor de los Meneses.

Don Esteban había abandonado definitivamente la casa, aunque pasaba casi todos los días para saludar a su hijo postrado. Ahí él la ponía al día con lo ocurrido durante la jornada. En ausencia de su mujer, Corina era la receptora de las quejas y pesares de su jefe, su desahogo. Ella percibía el arrepentimiento que lo embargaba por no haber sido más cercano a su familia. Jamás se imaginó que lo vería llorar y menos que tendría que ser, muchas veces, la que lo consolara.

A la señora Inés, don Esteban optó por ignorarla porque bastaba con que se asomara en la puerta para que ella lo cubriera de improperios. Ahí, Corina la tomaba de un brazo y con una paciencia ilimitada, la llevaba a su habitación, donde la encerraba con llave hasta que el patrón se retiraba, recibiendo de paso garabatos y golpes de puño.

En dos ocasiones había sido necesario internar a la señora Inés en asilos para locos, y en ambas la habían devuelto, sana según ellos. Pero regresaba sólo aletargada por los medicamentos. Una vez en casa, se negaba a continuar con el tratamiento y en la misma medida en que se le atenuaban los efectos, retornaba su insania, obligando a la pobre Corina a luchar con los dos enfermos. La sirvienta ya no resistía más. Bajo tanta presión, temía enfermarse y se amargaba pensando en qué sería de sus pacientes, sobre todo de Felipito, si ella no los podía atender.

Pese a su agotamiento, se esmeraba por conservar la casa funcionando con relativa normalidad. Para eso le entregaba a su patrón listas de las cosas que requería, incluyendo alimentos para ella y para la señora Inés. Felipe, que se alimentaba solamente en base a papillas y suplementos alimenticios que le inyectaban a través del suero, conectado en forma permanente a su brazo, necesitaba de otros productos, que abastecían directamente desde un centro especializado. Sin embargo, por recomendación médica, Corina le preparaba todos los días una comida casi líquida y se la daba, o mejor dicho, se la embutía en la boca, con religiosa abnegación. Para mantenerlo limpio resultaban imprescindibles los pañales, que llegaban directo de una fábrica; los consumía por docenas. A Corina le extrañaba que, comiendo tan poco, ensuciara tanto.

Muchas veces don Esteban olvidaba los encargos y Corina, para no aumentarle las preocupaciones, no le reclamaba. Simplemente repetía sus requerimientos, hasta que él los traía o enviaba a alguien con ellos. Viviendo siempre entre tanta abundancia, en algunas oportunidades las dos mujeres pasaron el día con un pan y una taza de té. La despensa tenía hasta eco.

Por todo esto, las cosas en la casa no funcionaban como debían, lo que servía de pretexto a la señora Inés para, en algunos momentos de relativa lucidez, increparla en forma grosera y muy hiriente. Corina, quedaba muy abatida y sólo soportaba las humillaciones por el cariño ilimitado que le sentía a Felipito. Muchas veces le contaba sus amarguras a su niño, sin saber que él entendía todo y sufría con ella.

En algunos momentos muy amargos y en el colmo de la desesperación, Corina pensó asesinar a Felipe y suicidarse, poniendo fin al calvario de ambos. A veces también incluía a la señora Inés en la matanza. Total, con un cuchillo los degollaba a ambos, ella se cortaba las venas y se dejaba desangrar, como había visto en una teleserie venezolana. Terminaba enojada consigo misma porque se sabía incapaz de hacer algo así. Era demasiado cobarde. No olvidaba que cuando encontró a Felipe botado en el escritorio, rodeado de sangre, casi se desmaya. Ya no era la joven Corina que, veinte años antes tuvo el valor de huir del "Inmundo". Por lo mismo y pese a saber que en cualquier parte podía ganar lo mismo o más sin sufrir los tormentos que debía padecer en esta casa maldita, no abandonaría a los Gacitúa.

Se anunciaba otra navidad triste y ahora esa niña mala visitaba casi a diario a Felipito, encerrándose a solas en la habitación con él. A ella le gustaría presenciar esos encuentros, pero la muchacha, haciéndose la simpática, le cerraba la puerta. Quizás qué cosas le hacía a su niño a solas. Los primeros días pensó en llamar a la policía, pero desistió porque Felipe parecía distinto después de las visitas de la señorita Cristina. Se veía más alegre. Era imposible leer sus expresiones, pero la intuición le decía a Corina que su regalón se sentía más contento.

En tres oportunidades don Esteban llegó cuando la señorita Cristina aún estaba con Felipe y si bien manifestaba con actitudes desdeñosas su desagrado, no ordenó ponerle fin a las visitas. Tampoco manifestó interés por conversar con ella, raro si se consideraba que unos meses antes estaba casi obsesionado por hacerlo.

Corina no terminaba de entender. Quizás don Esteban permitía que la señorita regresara porque también notaba alguna mejoría en el niño. En todo caso, para no aumentarle las preocupaciones al patrón, optó por omitir comentarios respecto a las frecuentes visitas y a los misteriosos encierros. Mientras Felipito no sufriera algún daño o no diera alguna señal de no querer recibirla más, era mejor que el patrón desconociera los detalles. Y como Felipe, por el momento, parecía más feliz, mejor dejar las cosas así.

Una tarde, mientras la sirvienta especulaba respecto de lo que estaría ocurriendo al interior de la habitación, Cristina abrió la puerta y la llamó:

—Corina ¿podría venir, por favor?

La mucama atendió de malas ganas el llamado de esta muchacha. Definitivamente no le agradaba.

—¿Qué se le ofrece, señorita Cristina?

Con solo mirarla, Corina notó la alegría que embargaba a la muchacha. Intuyó que algo muy grande estaba por suceder. Se acercó a la silla de ruedas de Felipe, mientras Cristina le decía al muchacho:

—¿Qué le quieres decir a Corina, Felipe?

El con el papel, el lápiz y mucha dificultad, escribió:

●-● ● ●-   ●- -- ---

Corina miraba intrigada. Cuando él concluyó, la muchacha tomó el papel y con una libreta que tenía en la mano, tradujo:

—Dice "la amo".

Al principio, viendo esas rayas y puntos temblorosos, Corina creyó que Cristina le tomaba el pelo, pero ella, muy excitada, la hizo acercarse hasta quedar al lado de la mano ligeramente hábil del joven, y le dijo:

—Pregúntele algo a lo que tenga que responder sí o no.

Corina, que ya se sentía en medio de alguna sesión de hechicería, miró con desconfianza a Cristina, que sonriente a su lado, le repitió:

—En serio. Pregúntele algo que tenga que responder con un sí o un no. Si le raspa el brazo a lo largo o sea, del codo hacia la mano, es un "sí". Si es a lo ancho, es "no".

Entonces la mujer, como siguiendo un juego de acertijos, le preguntó lo que para Felipe fue siempre obvio:

—¿Me puede escuchar, mi niño?

Y él raspó con suavidad su dedo en el brazo de ella, de arriba hacia abajo.

Corina no se podía convencer. Aun pensaba que había un truco de por medio. Percibiendo su incredulidad, Cristina decidió aclararle la situación.

—Déjeme contarle, Corina. Resulta que cuando éramos niños, Felipe me ayudaba con las tareas, pero como yo era tan floja, él decidió aprender un alfabeto especial de puntos y rayas, que se llama código morse. Después de responder sus pruebas, lo hacía con las mías en ese código y me pasaba una hoja con las respuestas. Yo solamente tenía que traducir el morse, pero nunca lo aprendí bien. Hace tiempo atrás, cuando lo visité, vi los dibujos que él hacía y de inmediato me acordé de nuestro lenguaje secreto. Un resplandor en sus ojos me dijo que andaba por buena pista. Desde ese día y con la ayuda de un tío que fue telegrafista, repasé el código y aquí están los resultados.

—Entonces, ¿siempre ha escuchado y entendido, señorita Cristina?

—Mejor pregúnteselo a él...

—¿Siempre ha escuchado, mi niño? –preguntó la sirvienta, emocionada.

Felipe comenzó a trazar los signos demasiado lento a juicio de una Corina expectante, que ya comenzaba a comprender la importancia del hallazgo hecho por esta niña a la que ella miraba con tanto recelo:

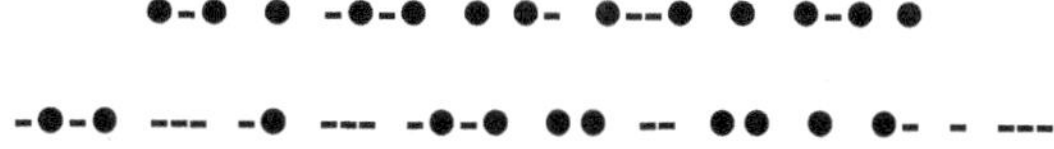

Cristina tradujo: "Recuperé conocimiento".

Corina estalló en llanto, incapaz de contener la emoción y casi gritando expresó:

—¡¿Y cómo no lo descubrí antes?! He sido una estúpida. Lo he tenido a mi lado desde que regresó a casa y fui incapaz de darme cuenta —se recriminaba la pobre mujer— ¡Voy a llamar urgente al patrón, tiene que saber esto!

Antes de media hora, Esteban entraba en la casa. Corina había encerrado a Inés, que gritaba histérica, quizás comprendiendo que sucedía algo extraordinario y que se lo perdería a causa de su locura.

En la habitación estaban Cristina, Felipe y, tras el dueño de casa, entró la nana. La muchacha notó la mirada glacial de Esteban, pero se sobrepuso y saludó con una frágil sonrisa:

—Hola, tío Esteban.

—Hola. ¿Qué es lo tan importante, que me llamó urgente la Corina?

—¡Cuéntele, mijita, por Dios. Cuéntele! —Corina no podía disimular su ansiedad.

—Lo que pasa tío, es que podemos comunicarnos con Felipe…

—¿Comunicarnos?, ¿cómo?

—Hay dos medios. A través de papeles escritos en código morse, o preguntándole de forma tal que él solamente deba responder afirmativa o negativamente.

—¿Quién soy yo? —disparó Esteban, escéptico.

El lápiz, tembleque en el extremo de los dedos de Felipe, se desplazó hasta completar sobre la hoja de papel:

-- ●● ●--● ●- ●--● ●-

Cristina tomó su libreta con las equivalencias y le dijo a Esteban:

—Dice "Mi papá"…

Esteban cogió estremecido ambos papeles, el de las rayas y puntos y el de las equivalencias, mirando a su hijo incrédulo. Lo abrazó y lo besó con ternura, como si estuviese poniéndose al día de toda una vida de afectos aplazados.

—¿Cuándo descubriste esto? —le preguntó a Cristina, manteniendo el tono duro de aquel que se resiste a aceptar una evidencia improbable, sobre todo si proviene de alguien a quien no quiere.

La muchacha, algo intimidada, pero sobreponiéndose, le respondió:

—Llevamos más de dos meses trabajando en esto, tío. Poco tiempo después del regreso de la clínica, lo visité y vi sus dibujos. Recordé que cuando pequeños practicábamos en morse. Felipe lo dominaba a la perfección. Yo era más lenta. Entonces se me ocurrió que a lo mejor intentaba decirnos algo con sus rayas y sus puntos. Ha sido un proceso lento, pero aquí está el resultado. Hemos trabajado mucho y si lo hemos hecho en secreto, es porque yo no me podía convencer y tampoco quería levantar falsas expectativas.

Esteban estaba confundido. Justamente la hija del principal sospechoso de ser el causante de sus desgracias, estaba frente a él con la solución a un problema al que tantos le buscaban una salida. Se dirigió a la muchacha y suavizando algo su tono, la interrogó:

—¿Dices que además responde preguntas, Cristina?

—Se podría decir que sí, tío. Tiene que plantearlas de forma tal que la respuesta sea "sí" o "no".

—¿Cómo?, dame un ejemplo, por favor.

—Es fácil tío, basta con que acerque su brazo a la mano hábil de Felipe y le haga una pregunta. Si la respuesta es afirmativa, moverá su dedo a lo largo de su brazo y si es negativa, a lo ancho. ¿Cierto Felipe? —y Cristina acercó su propio brazo al dedo del enfermo, que lo movió de arriba hacia abajo.

Esteban miró a su hijo a los ojos. ¡Le resultaba tan difícil convencerse de la puerta que se estaba abriendo entre ellos! Parecía una apertura pequeña, era cierto, pero si funcionaba, podría salir de ese mundo de tinieblas en el que estaba desde hacía un año.

—¿Te llamas Felipe, hijo? –preguntó con una ansiedad casi incontenible, mientras las manos le temblaban y las lágrimas se agolpaban en sus ojos.

El muchacho desplazó el dedo de arriba hacia abajo, en medio de la expectación de su padre, que sentía ese dedo como la mayor caricia que le hubiesen dispensado en su vida. Este gesto hizo que su vaso se colmara y las lágrimas brotaron generosas, sin vergüenza. Después del tiempo que le costó controlar la emoción y mientras ambas mujeres lo miraban conmovidas, se dirigió nuevamente a su hijo:

—Felipe, ¿quieres salir a la terraza?

El niño nuevamente desplazó su dedo en el mismo sentido.

Mientras trasladaba la silla de ruedas con su hijo, por la mente de Esteban circulaban distintas imágenes en las que renacía, cuadro a cuadro, todo el drama que lo atormentaba desde el día en que lo encontraron tendido boca abajo. En medio de esta sinopsis vio nítida la posibilidad de hacerle la pregunta cuya respuesta buscaba con ahínco desde ese día aciago. La tenía en la punta de la lengua. Sentía que si abría la boca, brotaría sola, sin ayuda de sus cuerdas bucales. Hasta la redactó mentalmente para que su hijo pudiera responderla con sus dedos. "¿Está con nosotros uno de los responsables de que estés en ese estado?". Sufría al pensar en la respuesta. Quizás si Cristina no estuviera ahí en ese momento, la formularía sin vacilar, pero aun cuando fuera ella la causante de tanta desgracia, no podía dejar de reconocerle su abnegación para descubrir el puente entre Felipe y el mundo.

A su lado, Cristina, que lo había previsto, percibió el dilema que afectaba al hombre. Cuando comenzó esta aventura y encontró la forma de comunicarse con Felipe, de inmediato se percató del riesgo que corría. Sabía que en esa familia desde hacía un año buscaban respuestas a la tragedia. También sabía lo cerca que habían estado de dar en el clavo. Podría haber dejado el secreto sólo para ellos dos y entonces nadie sabría lo que se transmitían a través de su lenguaje de rayas, puntos y rasguños en los brazos, pero tendría que ser demasiado egoísta. Ella, que le había bajado el telón, tenía ahora la posibilidad de subírselo, aunque fuera levemente y aún a riesgo de su propia libertad.

Ese riesgo terrible en ese instante se respiraba, circulaba en el ambiente como una voluta de humo invisible, pero presente. Estaba tan cerca, en la lengua del tío Esteban y en los dedos de Felipe.

Corina, a su lado, como entendiendo que en cualquier momento se podía desatar una tempestad, se sobaba las manos contra el delantal, nerviosa, impotente. Ella ahora estaba dando su batalla en otro frente. Desde un tiempo que ya le parecía infinito, pagaba muy caro el error de haber limpiado las huellas en el escritorio de don Esteban. Intuía que en la señorita Cristina estaba la clave para despejar el velo que cubría la desgracia, pero no podía dejar de reconocerle los méritos en esta puerta que abría entre su niño y el mundo, entre su niño y ella. Mientras en la pieza la tensión podía cortarse con una tijera, Corina ya estaba pensando en pedirle a la señorita Cristina que le enseñara el alfabeto morse, para poder decirle a su niño todo lo que sentía y cómo la apenaba ver su juventud y su vida entera truncada.

Finalmente, Esteban decidió postergar su pregunta, aun cuando se le retorciera el alma por conocer la respuesta. Como si de pronto hubiese cambiado la página, le preguntó a Cristina:

—A ti, que has podido contactarte con él, ¿te dijo lo que desea?

—Tome, tío, aquí tiene una carpeta con las preguntas que me ha hecho, desde conocer la fecha en que vivimos hasta saber lo que le pasa a su mamá. Debajo de cada una está la traducción al lenguaje común y la respuesta que yo le he dado. Por ahora, lo que más quiere es un computador con pantalla táctil.

Como Cristina no sabía cómo se presentarían las cosas, en la carpeta había omitido aquellos diálogos en los que ella estaba involucrada.

—Se lo compraré de inmediato si tú crees que con eso será más fácil la comunicación.

—Si usted lee lo que ha escrito, tío, verá que dice que le gustaría ser como Stephen Hawking.

—¿El usa uno de esos computadores, Cristina?

—No lo sé, pero sí que se comunica a través de un aparato electrónico de última generación. Pienso que sería bueno preguntar en la tienda por lo más avanzado en ese sentido.

Mientras esta conversación estaba en curso, la noche comenzaba a acercarse. Esteban tomó la silla de ruedas con Felipe para trasladarlo de regreso a la habitación. Mientras eso ocurría, el diálogo continuaba.

—¿Te puedes encargar tú de buscarlo, Cristina? Me dices cuánto cuesta, te doy el dinero y lo compras.

—Como usted diga. Estoy a punto de salir con vacaciones por lo que no tengo inconvenientes. Pero antes de irme, tío, me gustaría conversar un instante con usted.

—¿Conmigo? —a Esteban lo confundió la solicitud.

—Sí, con usted. Felipe y yo con usted. —afirmó ella con mucha seguridad.

—Le diré a Corina que salga. —agregó Esteban, accediendo.

—Por mí, no hay problema en que se quede, tío. Es más, lo preferiría.

—¿De qué quieres conversar, Cristina?

Ella casi no podía controlar el nerviosismo que la embargaba. Ahora su voz manaba temblorosa y sus manos sudaban copiosamente. La blusa también mostraba una aureola de transpiración en torno a los pechos causantes de toda la tragedia.

—Tío y Corina, estoy directamente involucrada en lo que le ocurrió a Felipe. Sé que ustedes lo intuyen, pero quiero que ahora y antes de continuar con esto, entre Felipe y yo podamos aclararles cómo ocurrieron las cosas. Yo asumo mi culpa y así como ustedes, he cargado una mortificante cruz durante todo este año. Pero no todo fue culpa mía— concluyó Cristina, emocionada.

Un largo silencio flotó en el ambiente. Mientras la muchacha miraba el suelo, Esteban la observaba y los ojos de Felipe bailaban entre ambos. Corina, tensa como un diapasón, secaba las manos en su delantal de cocinera.

—Es peligroso lo que pretendes, niña. ¿Sabes que si lo que dices es como nosotros lo hemos intuido, te puede costar la libertad?

Cristina respondió, afirmando con la cabeza. Esteban añadió:

—Como dicen los policías, de ahora en adelante, todo lo que digas podrá ser usado en tu contra. Pero quiero que desde ya te quede claro que yo no me comprometo a nada contigo. Tú eres una mujer y si quieres seguir adelante, perfecto. Debes imaginarte cuanto anhelamos conocer tú verdad –dijo Esteban

—Me lo imagino, tío. Y no se trata de MI verdad sino de LA verdad. Si después de este diálogo sigue convencido de mi culpabilidad, le aseguro que preferiría ir a la cárcel a seguir cargando con este peso en mi conciencia. Ahora, si no me quiere escuchar, la opción sería que Felipe describiera los hechos en morse y usted los hiciera traducir. Si prefiere eso…

Esteban se quedó unos instantes en silencio, reflexionando, pero al final dijo:

—¡No, no! Aunque no me queda claro cómo pretendes hacerlo.

Cristina, con un gesto amable, lo invitó para que se sentara al lado de su hijo. Luego miró a Corina y le pidió que se acercara y se ubicara en un lugar desde el que pudiera ver lo que hacía el enfermo.

—Tío, quiero pedirle que se siente al alcance de la mano de Felipe. Yo iré relatando los hechos tal como ocurrieron y él, a través de sus rasguños, le hará saber si digo la verdad.

—¿Tenías esto preparado de antemano? –preguntó Esteban, intrigado.

—Le juro que no, tío. Lo decidí recién, cuando lo vi vacilar sobre si hacerle o no esa pregunta clave a su hijo. De todas maneras, creo que esta reunión tarde o temprano se tenía que producir, y por mí, mientras antes, mejor.

—Cristina, dime una cosa, ¿Tus padres saben lo que estás haciendo con Felipe?

—No, tío.

—¿Y cuándo pensabas decírselo?

—He tenido muchas dudas. Pensé que a lo mejor ellos se opondrían a que continuara, suponiendo que esto necesariamente sacaría a flote la verdad, que es lo que finalmente enfrentamos hoy. Hasta ahora, preferí mantenerlo como un secreto entre Felipe y yo.

—Pero sí saben lo que ocurrió esa tarde…

—¡Por supuesto! Fueron los primeros en saberlo y también para ellos este año ha sido un calvario –concluyó Cristina.

Esteban recorría con su mirada a los demás participantes. La situación no dejaba de sorprenderlo. Cada palabra pronunciada lo llevaba a resucitar ese día maldito. Y cada recuerdo representaba para él una escena dolorosa. ¡Cómo le gustaría decirse que nada de eso había ocurrido! Y ahora, que estaba a punto de conocer la verdad, una sensación de miedo lo invadía. Quizás no era la verdad que él quería escuchar, pero ya estaba en eso y tendría que llegar al final. Total, nada podría ser peor que lo ya ocurrido. Entonces habló:

—Me pones en una situación incómoda, hija. Para mí ya era un capítulo doloroso pero casi cerrado y con Corina estábamos resignados a vivir junto a mi hijo estas penalidades, con las consecuencias que conoces. Aunque nunca renunciamos a conocer la verdad, otras prioridades fueron postergando nuestro deseo. Pero vamos. Creo que para todos será bueno saberlo. Aunque te repito que me reservo el derecho a tomar las medidas que me parezcan pertinentes, contra quién sea –terminó diciendo Esteban, apoyando una mano en el hombro de la niña, como invitándola a seguir.

—Siempre ha estado en su derecho de hacerlo, tío, pero si me estoy poniendo en sus manos es porque confío en su buen criterio –respondió Cristina con seguridad.

—Bueno. No sacamos nada con abrir el paraguas antes de tiempo. Si va a llover, que nos mojemos todos. Aunque nos duela –reflexionó Esteban, entregado.

XII

Estimulado por el trabajo con Cristina, el cerebro de Felipe comenzó a funcionar con mayor intensidad, esperanzado en las perspectivas que se le abrían:

"Hasta antes del hallazgo, varias veces me visitó Cristina junto a otros compañeros, aunque después comenzó a venir sola. Lo hacía vistiendo blusones sueltos que disimulaban el tamaño de sus pechos. ¡Después de lo que me hizo debiera pasearse frente a mí con sus tetas al aire! Por lo menos tendría la conformidad de apreciar aquello por lo que estoy condenado a la cárcel de mi cráneo".

"Antes de comenzar a venir sola, me visitó un par de veces con Juan Carlos. En una, cuando quedaron solos conmigo, él le tiró las manos a los pechos e intentó besarla. Ella se defendió y lo ahuyentó sin atreverse a gritar para que Corina no los echara de la pieza. Ese cuadro me puso a mil. No sé si eyaculé. Como no siento lo que me ocurre hacia abajo, desconozco si perdí mi capacidad reproductora, pero cuando le tocó mudarme, la Corina alegó contra esos niños que venían del colegio y que me dejaban tan excitado".

"Está más madura la Cristina. Se ve más mujer. Antes era una niñita superdotada. Ahora es una hembra hecha y derecha. Por lo que ella misma me dijo, estamos en diciembre. Calculo que cumplí dieciséis, por lo que ella debe tener entre quince y dieciséis".

"Durante esa visita, ella se quedó observando los trazos que dibujo, para luego mirarme como con un signo de interrogación en la cara. Se volvió hacia Juan Carlos y le rogó que abandonara la habitación. Salió en medio de bromas en doble sentido, sugiriendo que ella me quería violar, lo que me resultaba muy deseable, pero también típico del mal gusto de ese huevón. Una vez solos, Cristina se acercó a mi cara y me preguntó":

—Felipe, ¿me escuchai?

"Como no podía responderle, vi que ella observaba con atención mis pupilas".

—Me escuchai ¿verdad, Felipe? –repitió.

"Diciendo esto, acercó su brazo hasta mi mano derecha, la que tengo útil —si es que a ese tic se le puede dar ese nombre— sin llegar a tocarme. Haciendo un gran esfuerzo, logré rasguñar levemente su brazo. Ella sonrió complacida y repitió la pregunta":

—¡¿Podís oírme, huevón?!

"Nuevamente raspé mi dedo contra su brazo y con seguridad las pupilas respondieron por mí, mientras sentía que una extrema agitación me invadía. Me desesperaba por no poder responderle como cualquier persona. Intentaba revolcarme en la silla, pero mi cuerpo no fue capaz de moverse ni un milímetro".

—Felipe, escúchame bien. Si es verdad lo que está ocurriendo, es como un milagro. Pero mientras tanto, será un secreto entre tú y yo.

"Su último comentario estaba de más. Hasta ese momento yo no tenía ninguna posibilidad de trasmitirle a nadie mis inquietudes y el experimento estaba recién comenzando. Era imposible evaluarlo. Pero era evidente que nos comunicábamos".

—Espera un poco, Felipe, que voy a encender la tele.

"La imagen luminosa comenzó a parpadear, con el volumen muy bajo y ella, con el control remoto, hizo zapping con su brazo muy cerca del mío".

—Cuando un programa te guste, me tocai con el dedo –me ordenó.

"Así lo hice. Apareció una imagen que me resultó atractiva y la toqué. Ella la detuvo, dejándola frente a mis ojos".

—¿Eso querís ver? ¿Lo veís bien, huevón?

"Nuevamente la toqué con mi dedo".

—¿Y escuchai bien, Felipe?

"Repetí la operación, pero ahora raspé hacia el otro lado. El volumen tan bajo me impedía escuchar con claridad, pero ella no lo interpretó así. La cara de Cristina ya no era la de la muchacha acongojada que me visitara anteriormente. Estaba exultante, como debe de haber estado Edison cuando logró encender la primera ampolleta. Tomó mi mano y la besó con cariño, en un gesto que me daba a entender la alegría que la embargaba".

—Mañana voy a venir sola, sin Juan Carlos, porque tenemos que conversar los dos. Ojalá que la Corina no me ponga dificultades porque si todo va bien, pasaremos muchas horas juntos.

"Nuevamente la toqué, en señal de aceptación Yo también sentía una inmensa alegría y me desesperaba el no poder expresarla".

—A propósito, tus rayas son códigos morse, ¿verdad? Como cuando hacíamos juntos las tareas.

"Pese a que eso de "hacer juntos las tareas" me pareció una exageración, asentí con mi dedo sobre su brazo, raspando de arriba hacia abajo".

—Primera tarea para mañana, Felipe; tenís que tener escrito lo más urgente que necesites. Traeré la hoja con las equivalencias del morse para traducir tus mensajes y si tengo dudas, hablo con mi tío abuelo que fue telegrafista en la armada. Además voy a conseguir más papel, para que escribai todo lo que se te ocurra.

"Cuando Cristina se fue, quedé jubiloso. Era la que me había convertido en algo más parecido a una planta que a un ser humano, pero también sería la que, al parecer, me abriría una ventana al mundo. Las primeras noches me costaba conciliar el sueño, atosigado por la ansiedad".

"Han pasado varias lunas desde este episodio —estoy midiendo el paso del tiempo como los indios —y me visita casi a diario. Hago las tareas que me encomienda, las que se lleva para traducirlas. Me dijo que espera que antes de fin de año podamos decirle a mi papá esto, pero quiere tener la certeza de que está en el camino correcto. A mí no me caben dudas y ansío poder comenzar a utilizar mis nuevos poderes. Me gustaría comunicarme con mi viejo, saber qué le pasa a mi mamá y pedirle a la Corina que me deje ver los programas que me gustan. Ojalá sea pronto".

"Por otra parte, comprendo las aprensiones de Cristina. Las intuyo aunque no me las haya hecho saber. Cuando le transmita a alguien más mis capacidades, será ella la que esté en mis manos. Entonces podría acusarla por lo ocurrido, acomodando la verdad a mi conveniencia. Nadie dudará de un inválido. Pero no se lo haría nunca. Y menos cuando, gracias a ella, quizás algún día podré llegar a ser como Stephen Hawking".

XIII

Durante esa tarde, la de la confesión en presencia de Felipe y Corina, paso a paso le narré al tío Esteban lo ocurrido. Partí desde la fiesta de la noche anterior. Con vergüenza le hablé de mi borrachera, de que Felipe me había contado que unos desconocidos habían intentado violarme, hecho ratificado más tarde por Juan Carlos y mis compañeras. También le conté de mi fracaso escolar y de la imperiosa necesidad de aprobar álgebra para pasar de curso. De mi castigo y mi fuga durante la siesta de mis padres para no dormirme y poder estudiar, de mi ocurrencia en el camino para pedirle ayuda a Felipe. Hasta ahí todo era un tema personal.

Continué relatando que su hijo me había hecho pasar al escritorio y que durante un rato estudiamos. Que pese al aire acondicionado, el calor no permitía concentrarse. Que Felipe fue a buscar jugo a la cocina y que cuando regresó me pidió que le mostrara mis pechos.

Ahí el tío Esteban miró a su hijo quien, con el consabido rasguño, le ratificó lo que yo decía. Continué explicando que me había negado pero que, frente a su insistencia, había accedido a mostrárselos para que los tocara. Le enumeré las tres condiciones que impuse y que Felipe aceptó. Yo sentía como el rubor me invadía mientras relataba esta parte de los hechos y percibía de soslayo la mirada crítica de Corina, pero ya estaba embarcada en el relato y necesitaba llegar al final.

Le dije que quedamos desnudos de la cintura, yo hacia arriba y él de cuerpo entero, excepto los tobillos en los que se enredaban sus bermudas. Le expliqué que allí algo le pasó a Felipe que perdió la cabeza y se abalanzó con la intención de despojarme de toda la ropa y violarme. Mientras relataba el triste episodio, sentía cómo la angustia me invadía. Las ganas de llorar me atoraban. Conté que me sentí acorralada, que intercambiamos golpes de puño y que en el colmo de la desesperación, cogí a mis espaldas, sin verlo, el primer objeto que encontré y pegué con todas mis fuerzas. Que al primer golpe, Felipe se aferró aún más a mí por lo que lo repetí varias veces, con más fuerzas. Qué junto con el primer impacto, sentí un chorro de algo tibio que me mojaba las piernas. Que inicialmente pensé que era sangre, aunque en el fragor de ese minuto, ni siquiera me preguntara por qué la sangre emanaba desde allá abajo, si yo le estaba pegando en la cabeza. Que cuando Felipe se desplomó yo, desesperada, hui cerrando ambas puertas y llevando el arma en la mano, sin fijarme en lo que era. Después recordaría haber visto el busto de Beethoven en el escritorio. Que corrí hacia mi casa y que a medio camino boté el fierro porque las chalas se me salían y me impedían correr. Narré que llegué a casa con mucha angustia, que mis padres me preguntaron qué me ocurría y les conté todo, que mi padre salió en busca del busto de Beethoven pero que yo nunca supe si lo había encontrado ni qué hizo con él, porque nunca se lo pregunté.

Durante la primera parte del relato, los dedos de Felipe fueron ratificando mis dichos. Hacia el final, cuando ya nada había que aseverar o negar, permanecieron inmóviles, aunque daba la impresión de estar en extrema tensión.

Terminé exhausta, empapada en sudor y lágrimas, mientras el tío Esteban, Corina y Felipe me miraban de forma distinta, diría que compasiva. La sirvienta desapareció por unos instantes, para regresar con una bandeja con vasos de agua helada.

Después de una pausa larga, que me pareció interminable, habló el tío Esteban:

—Tu padre pudo salir a buscar el busto de Beethoven, pero no pudo venir a ver a mi hijo que se desangraba, botado como un perro.

—No pretendo excusarlo, tío, pero me imagino que era tanta la rabia contra Felipe por lo que me había hecho, que…

—En todo caso, Cristina, el problema de Felipe estuvo en los golpes en la base del cráneo. Tienes mucha fuerza. Los médicos daban por descontado que el golpe había sido propinado por un hombre y por eso yo acusaba a Roberto…

—El problema de Felipe y el mío, tío Esteban, estuvo en que hicimos cosas que deberíamos haber evitado –dije yo.

—A ti te perdonaría, Cristina. Eres una niña que reaccionó frente a un ataque. Pienso que cualquiera que se siente en peligro es incapaz tanto de razonar, como de medir las consecuencias de su defensa. Pero me resulta difícil perdonar a tu padre. Si a alguno de ustedes, sus hijos, le ocurriera algo y estuviera en mis manos auxiliarlos, yo no lo dudaría.

Mientras tío Esteban y yo manteníamos este diálogo, Felipe trazaba frenético puntos y rayas sobre una hoja de papel. Cuando vi que concluía, la tomé y con la ayuda de mi libreta la traduje, mientras los ojos se me iban inundando nuevamente, sin poderlo evitar.

—¿Qué dice? –me preguntaron al unísono Corina y el tío.

—Que me perdona, que quiere que yo lo perdone y que lo continúe visitando.

El tío Esteban, mirándome con algo de desconfianza, acercó el brazo y un rasguño le ratificó mis palabras.

—Cristina, antes de tu confesión y aun manteniendo mis sospechas, te pedí que buscaras el computador que Felipe requiere. Te lo vuelvo a pedir. Creo que después de lo ocurrido, me queda claro que todos tenemos responsabilidad y que necesitamos apoyarnos mutuamente para que él siga progresando. Y tú has demostrado que eres una buena mujer, muy valiente, además de una pieza clave en la evolución de Felipe. Tienes las puertas abiertas de nuestra casa. Como debes saber, la salud mental de Inés está muy alterada, lo que nos obliga a recluirla en un centro especializado. Tenemos reservado un cupo en uno que me recomendaron por excelente y que está terminando de ampliarse. Porque en este mundo de locos, cada día son más los necesitados de manicomios.

—Tío Esteban, después de esta conversación, lo que no me queda claro son las medidas tomará a continuación. Yo buscaré el computador, como me comprometí, pero me gustaría saber lo que viene, para estar preparada.

—Mira Cristina. El daño ya está hecho y, tal como te lo dije antes, me queda claro que las responsabilidades son compartidas. No tomaré medidas en tu contra ni de nadie. Centraré todos mis esfuerzos en la evolución de mi hijo y en tratar de recuperar a mi mujer.

—En ese caso ¿le puedo pedir, tío Esteban, que toda esta tragedia quede sólo entre nosotros? Si lo saben en el colegio o nuestros compañeros, con seguridad me expulsarían…

—Te entiendo y me comprometo a no divulgar lo conversado en esta habitación y aquí y ahora le pido a Corina que haga lo mismo. Corina, por favor no se lo digas ni siquiera a tus amigas, que tanto nos ayudaron a acercarnos a la verdad.

—Como usted mande, don Esteban –respondió la mujer que, desde hacía mucho rato, lloraba en silencio, acariciando la cabeza de su niño.

Nos despedimos con un afecto extraño, difícil de definir. Ya era de noche cuando regresé a casa. Lo hice erguida, como si me hubiese deshecho de una joroba que desde siempre portara en mi espalda. Durante la cena comenté a mis padres lo ocurrido. Tal como se lo dije al tío Esteban, nunca les había relatado lo que estaba haciendo con Felipe y de la forma en que nos comunicábamos. Les manifesté que estaba muy orgullosa, conmocionada y muy cansada. Mi papá me felicitó y se comprometió a hacerse el ánimo para conversar con el tío Esteban e intentar aclarar sus inquietudes. Aunque sabía que sería muy difícil conformarlo. Mi madre visitaría al día siguiente a la tía Inés, antes que la trasladaran al asilo, para ver si era posible ayudarla de alguna forma.

Mis vacaciones, entre Santiago y Algarrobo, fueron apacibles ese verano, no locas como las de Brasil. Quizás la diferencia estuvo en el peso de mi conciencia. No lo sé.

Varios de mis amigos me han pedido que les enseñe morse, tal como lo estoy haciendo con Corina, que aprende muy rápido, aunque tiene poca paciencia. Viéndola actuar como alumna, parece increíble que tenga tanta tolerancia con mi amigo y con su madre. Gracias al morse, en poco tiempo, varios podrán comunicarse con Felipe.

Por mi madre, que la visita con frecuencia, he sabido que la tía Inés está mejor. En la casa de reposo recibe una excelente atención y mi mamá dice que se la ve mucho más tranquila. Parece que ya no tiene esos ataques que le daban, insultando a todo el mundo. También la visitan el tío Esteban con Isabel. Como su rosario ya estaba destruido, yo misma le hice otro con cuentas de semillas, bien artesanal, y se lo envié con mi madre. Estaba feliz.

Ahora debo enfrentar mi último año escolar para luego entrar en la universidad. Intentaré estudiar alguna carrera que me permita incursionar en la mente de las personas. Me parece que en eso he conseguido cierta ventaja. Creo que seré psiquiatra.

EPILOGO

“Desde el día en que Cristina me trajo el computador táctil que le encargó mi padre, no he dejado de practicar. Corina me acomodó unos cojines, pero creo que una bandeja como la de Stephen Hawking, me facilitaría mucho las cosas. Le escribiré un mensaje a mi amiga para que me compre una. Con seguridad encontrará en las tiendas de equipos de computación. Aunque también puedo buscarlo por internet, demorándome un poco más. Lentamente iré adquiriendo mayor destreza en el manejo de este juguete”.

“La conversación pendiente nos dejó a todos contentos. Sin duda que mi padre esperaría un progreso mayor de mi parte, pero creo que iré avanzando cada día más. Necesito tiempo y aquí, postrado, es de lo que más dispongo. Creo que pronto podré digitar las palabras y ya no necesitaré el código morse. Lo seguiré practicando porque me ha sido de mucha utilidad”.

“El día anterior a que mi madre fuera internada, vino la tía Raquel de visita y pasó a saludarme. Lo hizo con mucha efusión, me besó en la frente y acercó su mano a mi brazo para que la rasguñara, por lo que deduje que Cristina le había contado todo. Las dos mujeres salieron a caminar por los alrededores y desde mi silla de ruedas, que Corina instaló en el antejardín, las pude ver. Mi madre parecía muy contenta. Quizás le hiciera falta compañía, con quién conversar y ojalá se pueda recuperar para que pronto esté de regreso. No sé si se percatará de que estoy progresando. Me parece que mi aspecto externo no ha variado nada, pero por dentro, soy otro".

"En mi computador puedo leer. Hay muchos libros que están en la red, que me lo descargó el técnico de una de las empresas de mi padre. También me enseñó a usar el sistema, con Cristina actuando como intérprete. Mi amiga lo tenía loco. El pobre gallo no podía separar los ojos de su busto.

"Cristina me regaló un control remoto con números grandes, con el que puedo elegir los programas que quiero ver en una tele enorme que me trajo mi papá. Los días se me harán más cortos y ya no anhelo la muerte".

"Después de la conversación, le cambió la cara a Cristina. Antes estaba fea, como si se estuviera comenzando a arrugar pese a su juventud. Ahora está lozana, radiante, más bella que nunca. Y hemos vuelto a ser grandes amigos, como en la infancia".

"He recibido muchas visitas, entre ellas la de mi abuela. Hacía mucho tiempo que no la veía; tiene buen aspecto. También han venido compañeros que están aprendiendo morse con Cristina y los locos me traen mensajes de saludo escritos en el código. Es bueno saberse escuchado. Nadie se imagina lo terrible que es permanecer ignorado, al extremo de pasar por poco más que un mueble o un adorno caro. Te mueven de un lado para otro, como si fueras una encomienda que llevara colgada del cuello un letrero que dice "frágil". Más ingrato aún es oír todo lo que se habla a tu alrededor y no poder emitir ni una opinión, incluso cuando el tema eres tú".

"También me miré en un espejo. Tenía mucho miedo, pero no me veo tan terrible como Stephen, que tiene la cara como chueca para un lado. Yo la tengo casi normal, pero completamente inexpresiva. Los músculos faciales no me obedecen. Hice morisquetas, intenté reír, pero nada se reflejó en mi imagen. Sigo con la misma cara de huevón de siempre. Afeitada eso sí, porque la Corina, antes de pasarme el espejo, me rasuró. Quizás me vea mejor barbudo".

"Pero ya nada de eso me importa, porque creo que mi vida está cambiando. El mundo sabe que estoy vivo y que puede contactarse conmigo. Yo haré todo lo que esté de mi parte para progresar. Tanto en conocimientos, como en habilidad".

"Quizás más adelante, a medida de que la ciencia progrese, tendré más oportunidades de rehabilitarme. Mientras tanto, tengo que conformarme con lo disponible. Seguirá viniendo la kinesióloga gorda, con facha de tía alemana, que insiste en darme vueltas como carne a la parrilla, comeré en la boca las papillas acuosas de la Corina, colgará de mi brazo el frasco de suero y cagaré en los pañales que me cambiará también mi nana, que deberá seguir soportando mi fetidez. Pero ahora puedo leer, comunicarme, escuchar música, ver tele, en fin, un montón de actividades que hasta no hace mucho me resultaban imposibles".

"La única tarea que me queda por aclarar es la de mi virilidad. ¿Sigo siendo un hombre o sólo soy un cráneo, como esos seres extraterrestres que aparecen en las películas de ciencia ficción?"

"Con el ánimo de aclararlo, para la próxima visita le tendré escrito a Cristina un cartel en morse, pidiéndole que me muestre las tetas. No creo que se niegue, porque ahora no podré agredirla".

"Quizás ahí tenga la respuesta…".

Fernando Lizama-Murphy

Peuño, Enero 2012.

www.ingramcontent.com/pod-product-compliance
Lightning Source LLC
LaVergne TN
LVHW010102170826
845678LV00012B/2219

* 9 7 8 9 5 6 6 1 1 0 0 0 2 *